KiWi

1705

Das Buch

Burghart Klaußner erzählt von zwei Männern, die es geschafft haben, den Krieg verhältnismäßig unbeschadet durchzustehen und die es auf den letzten Metern dann doch noch kalt erwischt: Fritz und Schultz erhalten den Auftrag, die Geldkasse ihrer Einheit ins Reichsluftfahrtministerium zu bringen. Nach Berlin-Mitte – einmal quer durch die zerschossene Stadt. Und das einzige Beförderungsmittel, das sie haben, sind ihre klapprigen Fahrräder. »Vor dem Anfang« ist die Geschichte einer unfreiwilligen Schicksalsgemeinschaft zweier Menschen, die unterschiedlicher kaum sein könnten. Und die plötzlich aufeinander angewiesen sind, auf Gedeih und Verderb. Und Fritz hat einen Plan: sich durchschlagen bis zum Wannsee, wo sein Segelschiff liegt aus besseren Tagen, auf dem er sich verstecken will, bis der Sturm vorüber ist.

Der Autor

Burghart Klaußner, geboren in Berlin, absolvierte die Max-Reinhardt-Schauspielschule und spielte nach Anfängen bei Tabori, an der Schaubühne und dem Schillertheater an nahezu allen bedeutenden deutschsprachigen Bühnen. Für seine Darstellung des Pfarrers in Hanekes »Das weiße Band« und eines entführten Managers in Weingartners »Die fetten Jahre sind vorbei« wurde er jeweils mit dem Deutschen Filmpreis und dem Preis der deutschen Filmkritik ausgezeichnet. Er lebt mit seiner Familie in Hamburg. »Vor dem Anfang« ist sein erster Roman.

Burghart Klaußner

Vor dem Anfang

Roman

Kiepenheuer & Witsch

Für Jenny, Leonhard und Johannes

»Sieht er wohl, Herr Wirt?«

HEINRICH VON KLEIST

Anekdote aus dem letzten preußischen Kriege

Sie saßen auf der Bank hinter dem Empfangsgebäude und rauchten. Es versprach ein schöner Tag zu werden, aber so früh am Morgen war die Aprilsonne doch noch ziemlich schwach.

Fritz war sechsunddreißig, seit sieben Jahren verheiratet, sein Sohn war vier. Die steckten jetzt draußen in Caputh, halbwegs sicher bei Tante Trudchen.

Schultz war zweiundvierzig, ohne Familie. Seine Eltern waren auf dem Weg zur Elbe, zu Fuß, mit Margarinekoffer.

Schräg gegenüber, in der Versuchsanstalt, war der größte Teil der Leute schon verschwunden. Zwei, drei Wachmänner fütterten eine Art Lagerfeuer mit Akten und kippten, damit's schneller ging, ab und zu Benzin in die Flammen. Die schossen dann so hoch und schwarz blakend auf, dass die Männer feixend zurücksprangen.

Überhaupt schien sich eine Art Wurschtigkeit breitzumachen, die die beiden auf der Bank erstaunt auch an sich selbst bemerkten. Rußpartikel legten sich auf die Frühlingsluft und segelten gemächlich, die Zeit dehnend, auf und ab. Viel gab's nicht mehr zu tun. Nur abhauen war unmöglich.

Der Flugverkehr war längst eingestellt, höchstens in Gatow landete mal ein Versorger, oder ein Verwundetentransport hob ab.

Schultz wie Fritz waren Segelflieger gewesen, hatten sich bei der Ausbildung in Rossitten auf der Kurischen Nehrung kennengelernt und waren als Fliegerreserve schließlich in Johannisthal gelandet. Schultz, weil er für die Front nicht mehr zu gebrauchen war, und Fritz, weil er sie nie gesehen hatte.

Fritz hatte das gemacht, was er sein Leben lang am besten konnte: ausweichen, sich maskieren, sich rausreden und mit unheimlicher Geschicklichkeit seinen Vorteil suchen. Er war helle, aber nicht zu sehr, Nachdenklichkeit war seine Stärke nicht, und trotz Diabetes konnte er saufen, dass neben ihm bald keiner mehr stand.

Ganz ohne Folgen blieb das nicht. Er neigte zur Dicklichkeit, bekam Züge eines Riesenbabys. Wenn er getrunken hatte, provozierte er gern, wurde lustig, nahm kein Blatt mehr vor den Mund

und genoss das Leben in vollen Zügen. Traurigkeit war seine Sache nie. Er war schnell beleidigt, und oft haltlos.

Schultz war anders. Stiller, zäher, schmaler, grübelnder, planender und ratloser. Nicht gerade ein schöner Mann, seine Augen schienen nicht ganz symmetrisch ins Gesicht geraten, und sein Kinn floh, wie man sagte. Ein fliehendes Kinn, das ihm einen flachsinnigen Ausdruck gab. Er hatte in Ostpreußen einen Steckschuss bekommen, der ihn, besser ging's nicht, zurück nach Berlin gebracht, sonst aber nicht weiter beschädigt hatte.

Fritz war lange durchgekommen, aber Anfang des Jahres kam es doch wie befürchtet. Die Gaststätte musste geschlossen werden, alle zuvor als unabkömmlich eingestuften Angestellten hatten sich innerhalb von vierundzwanzig Stunden zu melden. Auch der Chef. Nun war er mit seinem Drückebergerlatein am Ende, aber bevor man ihn an die Front, das heißt an die Oder, schickte, gelang es ihm wenigstens, in Berlin zu bleiben.

Oberst Schwarzmann aus dem Segelclub hatte sich für ihn eingesetzt, und natürlich waren in dem Offizierskasino, das er in der Friesenstraße nebenbei als Pächter betrieben hatte, auch ein, zwei

Fliegergeneräle gewesen, die ihn mit drohend erhobenem Zeigefinger vor dem sicheren Tod im Endkampf retteten und schnurstracks von Tempelhof nach Johannisthal beförderten. Ein unheimliches Glück. Hier auf dem ältesten Flugplatz des Reichs war eigentlich nichts los.

Schultz schaute auf die Uhr.

Um diese Zeit kamen normalerweise die Amis. Das war vorbei. Untrügliches Zeichen, dass die andern nicht mehr weit sein konnten. Der letzte Abwurf, von dem nur eine Bombe am hinteren Ende der Rollbahn explodiert war, lag drei Tage zurück.

Er stieß Fritz an.

Zwei Kahlköpfige in gestreiften Anzügen krochen über den Boden hinter dem Fahrradschuppen. Sie nahmen sich wohl einen Blindgänger vor. Ihre Bewacher, zwei SS-Männer, hielten feige einen Abstand von sicher hundert Metern.

Vorsichtig, vorsichtig, dachte Schultz, der schon öfter erlebt hatte, dass so ein Blindgänger in die Luft flog.

»Die hauen ab«, sagte Fritz und zeigte auf die SS-Männer, die sich zwei Fahrräder aus dem Schuppen holten und eins fix verschwunden waren.

Die Sträflinge merkten es nicht gleich, und weder Fritz noch Schultz traute sich, ihnen was zuzurufen. Beihilfe zur Flucht. Wer konnte sagen, ob nicht immer noch irgendwelche Spitzel hinter irgendwelchen Ecken lauerten, um einen zu verpfeifen. Ungemütlich. Zurück zum Empfangsgebäude schien das Beste.

Sie standen auf, traten die Kippen aus und gingen zügig hinüber.

Die Tür auf, der Gang leer, die Schreibstube nicht besetzt. Der Abzug der letzten Leute war wohl hinter ihrem Rücken passiert, als sie auf ihrer Bank – und also Zeitinsel – gesessen und geraucht hatten.

»Fritz, Schultz, hierher!« Eine Stimme vom Ende des Gangs ertönte, der wachhabende Feldwebel winkte sie zu sich. Also hin.

»Ihr beide bringt jetzt die Kasse hier zum Luftfahrtministerium. Bei uns ist Schluss. Der Russe kann jeden Moment hier sein. Ihr meldet euch da im RLM beim Referat IV, dritter Stock, und erhaltet dort weitere Befehle. Abtreten.«

»Kein Marschbefehl?«, fragte Fritz misstrauisch.

»Keine Sorge«, sagte der Spieß grinsend und übergab Schultz den Zettel.

»Abseits der Truppe, im Auftrag der Truppe« stand deutlich gestempelt auf dem blitzblanken Wisch mit einer Unterschrift des Wachhabenden, einem Vermerk über die Summe und einem weiteren Stempel der Flughafenkompanie.

»Und wie sollen wir da hinkommen?«, fragte Schultz.

»Privatsache«, ordnete der Spieß an. »Könnt ja ’n Taxi bestellen. Hahaha. Draußen stehen noch Fahrräder, ihr Hampelmänner. Raus jetzt. Hier ist alles weg. Klappe zu, Affe tot.«

Er drückte Schultz eine graue Metallkassette in die Hand, verschlossen und mit einer Banderole versehen, Aufschrift: »RM 750.–«.

Draußen knallte es plötzlich. Schüsse. Sie pirschten zum Fenster und spähten raus.

Die Wachmänner der Versuchsanstalt hatten bemerkt, dass die Gestreiften sich davonmachen wollten, und versucht, sie trotz der großen Entfernung einmal quer über den Platz zu erwischen.

Stattdessen hatten die jetzt die beiden letzten Fahrräder ergattert und wollten weg. Fritz stürmte raus, riss seine Pistole aus dem Halfter. »Verschwindet«, rief er, »verdrückt euch, aber die Räder nehmen wir!«

Der stämmigere der beiden dachte nicht daran, fluchte auf Polnisch oder Russisch, versuchte sich auf den Sattel zu schwingen, aber da war Fritz schon bei ihm. Er haute ihm den Knauf der Pistole in den Rücken, schwang sich selbst aufs Rad und fuhr los.

Verdammt, wo blieb Schultz?

Ohne den Zettel bin ich so gut wie tot, dachte Fritz, bremste und blieb stehen, aber da war er schon.

Und los ging's, runter vom Gelände. Die beiden Gestreiften überließen sie ihrem Schicksal. Sie traten so heftig in die Pedale, als seien sie nun selbst auf der Flucht, und irgendwie war da ja auch was dran.

Nach ungefähr zehn Minuten, als alles ruhig blieb, verschnauften sie erst einmal. Sie hielten an und versuchten, sich zu sammeln. Das war jetzt schnell gegangen. Schultz kontrollierte den Inhalt seiner Jackentaschen. Ein angefangenes Päckchen Finas, Streichhölzer, seine Taschenlampe und seltsamerweise ein Esslöffel. Den hatte er wohl unerlaubterweise aus der Kantine mitgehen lassen. Was zu essen wäre sinnvoller gewesen, dachte er.

Die Luft war äußert angenehm, roch nach Vorstadtschrebergarten und nach Mai.

Natürlich brummelte und bumste es in der Ferne, aber eben in der Ferne.

Am Himmel war nichts als Blau und Sonne, auf dem Segelfliegerdamm kein Mensch. Sie versuchten sich zu orientieren.

»Am besten, wir fahren immer mit der Spree rechter Hand.«

»WC«, sagte Fritz, »die ist ja allerbeste Orientierung für Flieger.«

Schultz wusste, dass Fritz WC als Abkürzung für »wohl kaum« benutzte.

Er selber verabscheute diese Art des ordinären Kasinotons und fand, dass er ab sofort darüber nachzudenken hatte, wie er seinen ungehobelten Begleiter loswerden konnte.

Der würde ihn aber nicht aus den Augen lassen, solange er, Schultz, den Marschbefehl hatte. Skrupellos war er außerdem, das hatte er vorhin ja bewiesen.

Wenn ich versuche mich davonzumachen, schießt er, dachte Schultz, und Fritz lachte auf einmal meckernd auf, als könne er Gedanken lesen.

»Wir sind jetzt Pat und Patachon«, sagte er. »Wenn ich ’n Platten kriege, nimmst du mich hintendrauf. So leicht werden wir uns nicht mehr los. Fahr du einfach voraus, ick sach dir schon, wo’t langjeht.«

Dabei hatte auch Fritz gar keine genaue Vorstellung davon, wie sie in die Wilhelmstraße kommen sollten. Nach Nordwesten durch Neukölln und Kreuzberg mussten sie, das war klar. Also erst mal links in den Groß-Berliner Damm.

»Wieder links.«

»Ist gesperrt.«

»Wieso?«

»Steht ’n Posten.«

»Na und, wir ham Befehl.«

Stopp! Schon präsentierte ein Leutnant an der Kreuzung Sterndamm seine Kelle.

»Was seid ihr denn für Komiker?«, blaffte er sie an. »Runter von den Rädern! Wo wollt ihr hin?«

»Wir haben Marschbefehl zum RLM«, sagte Schultz, und Fritz fügte hinzu: »Kommandosache«, salutierte und machte sein wichtigstes Gesicht.

Der Leutnant sicherte eine Panzerabwehrstellung, die aus einigen wahllos zusammengesuchten Tischen, Stühlen, zwei Kleinlastwagen und einem

Sturmgeschütz errichtet war, hinter dem eine improvisierte Feldküche dampfte.

Er schielte nach den fünf älteren Männern und acht Jünglingen, die mit sehr unterschiedlich entschlossenen Gesichtern keine Handbreit Boden herzugeben bereit waren.

»Verzieht euch, aber schleunigst«, sagte der Offizier, nachdem er sich den lebenswichtigen Zettel von allen Seiten genau angesehen hatte.

Er schwitzte.

Ungewöhnlich, dachte Schultz. Der scheißt sich in die Hose, weil er genau weiß, wie idiotisch seine Stellung hier ist, als einziger Militär mit einer Bande von Ahnungslosen.

»Einen Schluck Suppe könnten wir auch ganz gut vertragen«, sagte Schultz, der, so wie Fritz immer Durst, eigentlich immer Hunger hatte.

»Ich will dir mal was sagen«, wurde er jetzt angefahren.

»Mit diesen Fahrrädern kommt ihr nie durch. Ich kassiere jetzt euern Zettel, und ihr gehört ab sofort zur Einheit hier. Solche wie euch können wir hier grade sehr gut gebrauchen. Die Fahrräder sind konfisziert, ihr haltet euch bei den andern hinten bereit.«

Nun rächte sich, dass die beiden keiner ordentlichen Abteilung angehörten, sondern als Hilfskräfte der Flughafenleitung nur Uniform und Mütze des Arbeitsdienstes trugen. Ohne den Marschbefehl waren sie vogelfrei, und auch er bot nur einen gewissen Schutz. Jeder konnte sie rumkommandieren.

Aber nun war Fritz' Stunde gekommen.

»Natürlich, klar, Sie brauchen Leute hier«, legte er los. »Was machen wir aber mit der Kasse? Wollen Sie die einstweilen beschlagnahmen? Wegschmeißen können wir das Geld ja wohl nicht. Wir können natürlich auch fragen, ob hier jemand was braucht. Gardinen, zum Beispiel, sind grade schwer zu kriegen. Ich weiß allerdings, dass Oberst Schwarzmann im RLM dringend drauf wartet. Man müsste mit ihm teilen. Aber wie ihm das erklären?«

Fritz sprach ziemlich schnell und erweckte den Eindruck, ernsthaft zu überlegen, wie man dem Wunsch des Leutnants nachkommen könnte.

Der Mann wurde leise. Er zog seine Pistole, ließ den Arm hängen, zum Zielen bereit, und Fritz wusste, dass an diesem Tag, in dieser Zwischenzeit, sein Stündchen jederzeit schlagen konnte. Niemand würde darüber nachdenken, dass er gewesen war, niemand würde ihn vermissen, und niemand würde auch nur den Kopf nach ihm umdrehen, wenn er im Graben lag. Die Flüchtigkeit seiner Existenz wurde so deutlich, dass ihm schwindelte.

Er hielt sich reglos, als der Offizier ihm den Zettel zurückgab und ganz ruhig sagte: »Ich zähle jetzt bis zehn. Wenn ihr dann noch zu sehen seid, knall ich euch ab.«

Wie sollte man so schnell wie möglich in die Pedale treten, das Rad dabei rumreißen und losstürmen, ohne hinzufliegen? Es blieb ihnen nichts anderes übrig, denn sie versuchten gar nicht erst, die Entschlossenheit des Soldaten zu bezweifeln.

Ihr Glück war, dass uneinsehbar für den Schützen, gleich fünfzig Meter weiter, eine kleine Stichstraße abbog, die in die nächste Laubenkolonie führte.

Und trotzdem war die Zeit zu kurz, denn zählen kann man auf verschiedene Weisen.

Sie hatten sozusagen auf dem Absatz kehrtgemacht, waren überstürzt in die Pedale getreten, doch kurz nach dem Abbiegen in die Nebenstraße war Schultz gestürzt.

Der Leutnant hatte tatsächlich geschossen und ob er nun ein schlechter Schütze oder ein Mann mit einem schlechten Humor war, die Kugeln trafen nicht, sondern pfiffen irgendwo herum, und nachdem es fünf-, sechsmal laut geknallt hatte, war Schluss.

»Verdammte Scheiße«, beklagte sich Schultz bei wem auch immer und betrachtete seine aufgeschürfte Hand, seine Jacke, die einen Riss hatte, und sein Luftwaffenfahrrad, das eben nicht fliegen konnte, sondern mit verbogenem Lenker auf der Erde gelandet war.

Er stellte es auf, nahm das Vorderrad zwischen seine Beine, spürte dabei die Verwundung im Oberschenkel pochen und drückte mit einer Drehbewegung den Lenker wieder in seine Position.

Er klopfte sich den Staub ab, fand seine Mütze im Dreck, fluchte erneut, weil er mit seiner verletzten Hand unbedacht an den Sattel gefasst hatte, schaute sich noch einmal vorsichtig nach dem Schützen um, der aber nicht mehr zu sehen war, überlegte, wohin er sich nun wenden sollte, als er begriff, dass ihm etwas Entscheidendes fehlte. Sein Kamerad.

Fritz war nirgends zu sehen.

Inzwischen stand die Sonne schon deutlich höher, sogar warm wurde es langsam und eine nach der gewaltigen Ballerei erstaunliche Stille hatte sich ausgebreitet.

Natürlich trügerisch. Was sollte das? Jeder wusste, was die Stunde geschlagen hatte, wozu also diese Stille?

Wäre es nicht besser, man wäre wieder mittendrin, vorne, wo es schlimm gewesen war, aber real?

Fritz' Verschwinden hatte natürlich mit dieser Stille zu tun, die ihn verschluckt haben musste.

»Selber schuld, warum reißt der sein blödes Maul so auf, dieser Angeber«, dachte Günther Schultz. Und dachte daran, wie die scheinbare Überlegenheit des andern ihn oft genug eingeschüchtert hatte. Er war immer Schultz gewesen in Johannisthal und Fritz, wie selbstverständlich, Fritz.

Er würde sich nicht damit aufhalten, ihn zu finden, er hatte den Marschbefehl, er hatte die Kasse. Er erschrak. Wo zum Teufel war die?

Bisher hatte er sie fest hinten auf dem Rad gehabt, auf den Gepäckträger geklemmt. Ob Fritz in der Aufregung an der Sperre, in dem kurzen Disput, die Kasse zum Beweis seiner Spiegelfechterei weggenommen und vorgezeigt hatte? So musste es gewesen sein. Wieder blickte Schultz sich um. Auf dem Boden war nichts. Beim Sturz war sie nicht weggekommen.

Er drehte sein Rad um und dachte einen Augenblick tatsächlich daran, zurückzufahren und den Spieß zu fragen, wo das Ding sei.

Ein Pirol pfiff, oder sang ein Fink, eine Amsel? Ein emsiges Schnirren und Schnarren folgte, und es dauerte so lange, wie es bei Schultz, wenn er in Umständen war, eben dauerte, bis er Richtung und Absicht erkannte, aus der die Töne kamen.

Etwa fünfzig Schritte entfernt hockte Fritz in einem Busch und tirilierte.

Sein Fahrrad hatte er ins Gras gelegt und sich dort verkrochen.

»Die Kasse?«, fragte Schultz, und Fritz zog sie grinsend unter der Jacke hervor. Schultz nahm sie mit empörtem Blick wieder an sich, befestigte sie hinten auf dem Rad, stieg auf und übernahm nun die Führung.

Es ging geradewegs in die Kolonie hinein. Von den Laubenpiepern keine Spur. Die Hütten waren verrammelt. Die Bäumchen jetzt, Ende April, mit zartem Flaum und frischem Grün überzogen. Der Weg war sandig grau, an einer Ecke ein Schild: »Kolonie an der Südostallee«.

Sie fuhren langsam, gewissermaßen im Schritttempo, und versuchten, sehr genau zu horchen, ob sich irgendwo was regte.

Schultz war sicher, dass Leute in der Nähe waren. Das hier war für viele der ideale Rückzugsort aus der zerbombten Stadt. Man hatte Vorräte eingelagert und konnte auch notdürftig wohnen.

Schultz war als Kind oft zum Spielen bei der Schwester seiner Mutter gewesen, die mit Mann und zwei Kindern in Neukölln einen Garten hatte. Ihm stieg auf einmal der Geruch verfaulter Äpfel in die Nase, und er fand sich urplötzlich in seine Kindheit versetzt. Immer hatte es hier Spielkameraden gegeben. Sehr lustig war das manchmal gewesen und manchmal sehr grob. Die größeren Jungs in der Kolonie nahmen kein Blatt vor den Mund und stichelten die jüngeren mit Obszönitäten. Einmal hatten er und seine Vettern durch ein Loch in der Bretterwand einer Bude und angelockt durch unverständliche Schreie beobachtet, wie einer der älteren mit einem nackten Mädchen hin- und herwackelte.

Lange zu bleiben hatten sie sich nicht getraut und hinterher dann in gebührender Entfernung gerätselt, wobei sie nun wohl Zeugen gewesen waren.

Würde sich das vielleicht so abspielen? Aber warum dann die Schreie?

Wochen später erfuhren sie, dass dem Budenbesitzer gekündigt worden war, weil er Dinge geduldet hatte, die wohl Kinder gefährden konnten.

Es war immer etwas los bei Tante Edith, Onkel Erich, Matthias und Christian. Es gab Frühlings-, Sommer- und Erntedankfeste. Ein kleiner Rummelplatz wurde mitten in der Anlage aufgebaut. Wieder spielten sich gewisse Sachen ab, zwischen den »jungen Männern, die mitreisten«, und den Mädchen der Kolonie, und wenn man Tante Edith fragte, wie es ihr wohl gehe, bekam man die abschließende Auskunft: »Besser wär nich auszuhalten!«

Wenn es schummrig, berlinisch sommerlich wurde, steckte man Lampions an, gewaltig wurde geschwoft, einer konnte Akkordeon spielen, und nach dem Krieg hatte ein anderer ein Grammofon.

Viel wurde getrunken, man prostete sich zu:

»Auf dass diese edle Jauche Wellen schlag in meinem Bauche«, und morgens hieß es dann: »Na die Nacht möcht ick noch mal bei Tage sehn.«

Es gab Agitatoren in der Kolonie, auch Arbeiter vergnügten sich mit Gartenarbeit, und so kam es, dass Schultz neben geschlechtlicher auch mit politischer Aufklärung in Kontakt kam.

Er dachte an diese Zeit, als er sich für ein Sowjetdeutschland der Arbeiterräte begeistert hatte. Sie sollten alleinig bestimmen und wie in Russland, dem seit der Revolution fortschrittlichsten Land der Welt, die Diktatur einführen. Der Armen gegen die Reichen.

Revolution hatte es nicht nur in Russland gegeben, sondern früher schon mal in Frankreich. Ihr Bild war sehr lebendig. Der Großvater eines Mitschülers war mit Napoleon bis nach Moskau gekommen.

So wie sie selbst vor drei Jahren.

Und auch sie hatten den größten Teil des Weges geschlagen zurücklaufen müssen, bis dann für ihn selbst in Dünaburg Schluss war. Heimatschuss.

Fritz war diese Umgebung einer Kleineleutewelt so fremd wie irgendmöglich.

Ihn interessierte nur, ob man auf dem Weg in

die Stadt hier irgendwas abstauben konnte. Eine Pulle Schnaps zum Beispiel oder Eier.

Fritz liebte es, Eier anzustechen, um sie dann roh auszuschlürfen. Sein Credo lautete: »Frühstück ist die schönste Jahreszeit«.

Er hatte einen Onkel, Hans-Werner, der war Geschäftsmann mit einer Villa in Dahlem. Mit Tante Milli als Ehefrau und zwei blutjungen Hausmädchen aus Pommern. Fritz musste grinsen, als er daran dachte, wie die eine ihm kichernd erlaubt hatte, sie an der Brust zu berühren. Sie flog sofort raus, als Tante Milli Wind davon bekam.

Die beiden Radfahrer kamen nun an eine Gabelung und bogen rechts ab.

Hütte für Hütte reihte sich hier aneinander, und wenn sie auch sehr unterschiedlich gestaltet waren, so hatte doch jede einen kleinen Zaun mit Türchen, und in den Gärten gab es Gemüsebeete, Sträucher und Obstbäume. Alles im Miniaturformat. Selbst die Bäumchen hatten etwas Geducktes. Fritz empfand die Enge als bedrückend, die Gartenspielerei fand er kindisch.

Er kannte Laubenkolonien nur vom Vorbeifahren. Einen Garten hatte man für sich. Dazu einen

Gärtner, einen Chauffeur, einen Koch, einen Diener und Hausmädchen für die Mutter. Sie war vor sieben Jahren gestorben, der Vater schon vor vierzehn.

Das Lokal führte er seitdem allein, wenn auch, seit der Bombennacht von dreiundvierzig, nur noch mit der Filiale im Westen. Die Mutter hatte ihm voll Stolz erzählt, wie ganz Berlin zu Gast gewesen sei bei ihnen, so wie auch schon beim Großvater. Der kam vom Land und hatte ganz klein angefangen. Aber er war ein gemütlicher Gastgeber, die Berliner mochten sein fränkisches Deutsch, und als er sich vergrößern konnte, von der Kleinen Alexanderstraße gleich beim Viktoria und Wallner Theater, da schnappte sich jeder Gast einen Stuhl, und mit Gesang zog man den Laden um.

Immer wieder hatte Fritz diese Geschichte gehört. Und wie sie nach nicht einmal einem Jahr erneut Vergrößerung verlangten und es weiterging zur Krausenstraße.

Da saß man dann mitten im Regierungsviertel vergnügt beim Pils zusammen. Post- und Eisenbahnminister, Redakteure der Vossischen wie der Kreuzzeitung, Opernstars und Klempnermeister.

Der Großvater wusste die Groschen festzuhalten, hatte sein Vermögen stetig vermehrt und war schließlich nach Friedenau gezogen. Ein Mietshaus und ein Garten. Dort in der Hildegardstraße, zwischen Blumen und Blumenkohl, träumte Christliebe, die Großmutter, von ihrer bäuerlichen Heimat.

Die lange Tradition der Gaststätte bot einen gewissen Schutz.

Als Stella jedoch, die berüchtigte Greiferin, die als jüdische Blondine Spitzeldienste für die Gestapo verrichtete, im Lokal Juden verhaften ließ, war Fritz von einer Hausbewohnerin bei der Polizei denunziert worden.

Wäre er nicht in der Flieger-SA gewesen, es hätte ihn wohl den Kopf gekostet.

Wie es seiner Marianne mit dem kleinen Jochen in Caputh wohl ging? In Friedenau war nur noch die alte Frau Netzeband und hatte ein Auge auf das Haus.

Aber ob es das alles noch gab, ob alle diese Menschen noch lebten, war natürlich völlig ungewiss. Es war eher sogar unwahrscheinlich und eigentlich fast unwirklich.

Die Welt existierte zuletzt nur noch in einem Umkreis von einigen Kilometern. Ein Kreis, der sich wie durch ein elastisches Band, je nach dem Stand der Informationen, ausdehnte oder zusammenzog.

Im Augenblick wussten sie gar nichts. Vorgestern war die Front noch kilometerweit im Osten gewesen, heute erkannten sie an den jetzt hin und wieder aufheulenden Stalinorgeln, dass die Russen ihnen deutlich auf den Fersen waren. Sie mussten weiter, aber was dann? Nach Westen, aber wie weit?

Indessen überlegte Schultz, ob man nicht hier in der Kolonie bleiben, untertauchen, den Sturm über sich wegziehen lassen und danach wiederauftauchen könnte. Es gab in diesem Kleinuniversum, das wie menschenleer und vollkommen verlassen dalag, sicher alles, was man brauchte, um ein paar Tage zu überwintern. Zivilklamotten, Essen, Betten. Und die Greifer der Feldgendarmerie, die sie wegen ihrer umgehängten Kette mit Schild Kettenhunde nannten, würden viel zu tun haben, jede einzelne Laube zu filzen.

Man musste es geschickt anstellen und sein Versteck sorgfältig aussuchen. Na ja, viel Zeit war natürlich nicht, dachte Schultz ins Ungefähre weiter, als Fritz kurz entschlossen sein Fahrrad an einen

Zaun anlehnte, das Törchen zu einem Garten öffnete und zielstrebig auf ein grün verwittertes Holzhaus losging. Die Fenster waren verrammelt, die Tür mit einem Querbalken versperrt. Fritz stapfte durchs Gestrüpp und umkreiste das Häuschen auf der Suche nach einem Einschlupfloch. Alles war dicht. Hinten hing auf Kopfhöhe ein Etwas an der Wand, eine Ruine von einem Geweih.

Er griff hinter dessen traurigen Hornstumpf, zog zielsicher einen Schlüssel hervor, ging die Runde ums Haus weiter, grinste, steckte, die Selbstverständlichkeit in Person, den Schlüssel ins Schloss und stieß die Tür auf.

Schultz sprang sofort zur Seite. Auch Fritz ließ sich rückwärts gegen die Wand neben dem Eingang fallen und zog obendrein seine Pistole. Aber nichts rührte sich, kein Laut war zu vernehmen. Im Gegenteil, die Stille schien sich durch die Luft, die aus dem Haus entwich, noch zu vergrößern. Hier ist nichts und auch nichts zu holen, dachte Fritz.

Den Querbalken hatten die auf der falschen Seite montiert. Es sah etwas lächerlich aus, wie er sich so unnütz präsentierte.

Schultz war dieser Einbruch in fremdes Eigentum unangenehm. Fritz sah das anders. Gelegenheiten musste man beim Schopf packen. Das war wie beim Wettsegeln, das er seit seiner Jugend betrieb.

Erst drei Jahre war es her, dass er zuletzt, wie es die Vorfahrtsregeln erlaubten, »Raum« gebrüllt hatte.

Und gleich darauf war es von allen Seiten gekommen: »Raum! Raum! Raum!«

Die Situation an der Wendemarke war wieder mal ziemlich unübersichtlich, aber Haderhoff war es gelungen, als Erster aus dem Getümmel rauszukommen, und nun zog sein Konkurrent mit freiem Wind davon.

Die Wettfahrtleitung hatte Tonne vier in Richtung der Klaren Lanke gelegt, und Fritz als Zweiter konnte in der Ferne seine »Traute« sehen, die dort friedlich an ihrer Boje lag.

Allen war klar, dass dies wohl die letzte Regatta zu Kriegszeiten sein würde, und so hatte man, da die meisten Segler ohnehin an der Front waren, ein Mischmasch aus verschiedenen Klassen zugelassen, die über die Rennwertformel gegeneinander ausgeglichen wurden.

Natürlich hätten die kleinen Boote sonst gegen die großen keine Chance gehabt.

Haderhoff mit seinem Jollenkreuzer wurde dabei dicht von Fritz auf einer H-Jolle verfolgt. Hinter ihnen lagen etwa zwölf weitere Schiffe. Neben einigen übrig gebliebenen Olympia- und Rennjollen sogar ein seegängiger Schärenkreuzer.

Die Sonne schien noch einigermaßen warm, aber der herbstlich auffrischende Wind brachte auch ein paar Regentropfen.

Die Männer auf den Booten hätten frieren und nass werden müssen, aber die Freude, hier, mitten im Krieg, noch einmal über das Wasser zu jagen und dem sinnlosesten Vergnügen sich hinzugeben, hielt sie in Bann.

Teddy, Fritz' Mitsegler, wurde, sich weit rauslegend, um dem Boot die Krängung zu nehmen, von einer Welle erwischt und schüttelte sich.

»Warm«, rief er erstaunt. Das Havelwasser, wie immer leicht faulig riechend, hatte die Sommerwärme noch geborgen und war dazu heute auch besonders weich. Der See zeigte seine weibliche Seite. Die wattige Stimmung war friedlich und traurig zugleich.

Hier draußen in Wannsee war Frieden, hier war Zeit und Glück, während nur wenige Kilometer entfernt die Stadt in Trümmern lag.

Nicht zu ändern, dachte Fritz und beobachtete Haderhoff scharf, der nur eine Bootslänge vorne lag.

In einer plötzlichen Bö, kurz vor der Boje, konnte Fritz sein Wegerecht ausspielen, und als sein Gegner nicht sofort reagierte, brüllte er aus Leibeskräften so laut »Raum«, dass es, wie bei ihm üblich, über den ganzen See zu hören war.

»Klar zur Wende.« Teddy sprang auf die andere Seite, und durch waren sie und Erster.

Wieder hatte sich Fritz, mit seinem rätselhaften Talent zum Sieg, einer Mischung aus Nonchalance und Überanstrengung, nach vorne gearbeitet. Es schien, als segelte er im Schlaf, nur unterbrochen von seinem eigenen Brüllen.

Als er einmal nach durchzechter Nacht mit den Worten »Fritz, in einer halben Stunde ist Start« aus dem Bett im Clubzimmer geholt wurde, gelang es ihm auch dieses Mal, obwohl noch völlig betrunken, als Erster über die Ziellinie zu kommen.

Dabei war es doch ganz einfach.

Sein Leitspruch »So lose wie möglich, aber so dicht wie nötig« galt, um ein Flattern der Segel zu vermeiden, konnte aber durchaus auch für eine geschmeidige Lebensführung in Ansatz gebracht werden.

Bequem und leicht mussten die Dinge laufen. Schließlich hatte ihm zu Hause in seiner Kindheit, als Geld noch keine Rolle spielte, sogar ein Diener zu Gebot gestanden.

Aus dieser Zeit war ihm die skurrile Übung geblieben, kleine Dinge, von denen er nicht wusste, wo sie hingehörten, bei herabhängendem Arm einfach aus der Hand gleiten zu lassen.

Drei laute Schallsignale ertönten, und als sie zum Startschiff schauten, sahen sie, dass die Regatta abgebrochen war. Flagge N war hochgezogen worden, und neben dem Prahm lag ein graues Marineboot, das offenbar Befehl gegeben hatte, dem Zivilistenspuk ein Ende zu bereiten.

Ausgerechnet jetzt, den Sieg in der Tasche, dachten die zwei in der Jolle und drehten quasi auf dem Teller um.

Sie hatten nicht die geringste Lust auf eine Begegnung mit den Soldaten, die sich womöglich dafür interessierten, welche Männer hier, mitten im Krieg, Segelboot fahren konnten. Denn natürlich war die Gefahr, jederzeit, auch völlig unberechtigt, vom Platz weg verhaftet und an die Front geschickt zu werden, immer präsent.

Geschickt hatten sie es die kurze Strecke in die

Klare Lanke geschafft, nahmen jetzt im Bojenfeld die Segel runter und machten die H-Jolle am Steg fest. Die Segel wurden abgeschlagen und alles gut verpackt, dann verabschiedete Teddy sich und trabte in Richtung S-Bahnhof Wannsee davon. Seine Schicht als Kellner im Abendgeschäft begann um sieben Uhr.

Nachdenklich blickte Fritz ihm hinterher. Er fand ihn irgendwie scharf, mit dem wiegenden Gang und dem breiten Schädel.

Beim Großvater hatten die Kellner noch Hannibal, Napoleon oder Barbarossa geheißen, Teddy hieß so bloß nach seinem Nachnamen. Bärlapp.

Hier lagen nur noch drei Jachten an Bojen. Viele hatten aus Angst vor Beschlagnahme und dem, was kommen würde, ihre Boote schon an Land geholt und unter möglichst unansehnlichen Planen versteckt.

Die »Traute V« aber würde hier überwintern müssen, sie war zu groß, und die wenigen Werften ringsum hatten keine Möglichkeit, sie an Land zu nehmen.

Aber sie war aus Stahl gebaut und selbst bei einem noch so kalten Winter konnte sie problemlos im Eis liegen bleiben.

Wohl auch im Eis der Zeit, so hoffte Fritz.

Er hatte sie nach und nach für eine längere Liegedauer ausgerüstet. Die Kohlenkiste war randvoll mit Briketts und sogar etwas Koks für den ausgezeichneten Ofen im Salon. Noch in guten Zeiten hatte er ausreichend Gas für die Küche beschafft. Zwei kniehohe Flaschen standen in ihrer Kiste an Deck, und jede Ecke, die dafür geeignet war, war bis oben hin voll gepackt mit Konserven, Schokolade, Keksen, mit Dauerbrot, mit Urquell, Wein und Schnaps. Es gab in der Tiefe der Eisbox eine Flasche Dom Pérignon, und über dem Waschbecken hing ein gewaltiger Schinken.

Alles ganz legal besorgt über seine Bezugsscheine für die Gaststätte.

In den Schränken hingen zwei Anzüge, vier Paar Hosen, drei Hemden und Pullover. Zwei Paar Schuhe standen auf dem Boden, eines für den Sommer und eines für den Winter.

Hier war er von Geburt an zu Hause, seit die Eltern das Schiff hatten bauen lassen, und jetzt würde dieses vollgepackte Mutterschiff ihn, wenn es hart auf hart kommen sollte, verbergen und, wie auch immer, über die Zeitenwende hinweg tragen.

Schultz ergriff jetzt die Initiative. Er nahm seine Taschenlampe vom Gürtel und leuchtete einfach mal hinein in das Dunkel der Schreberhütte.

Zu sehen war freilich trotzdem nichts. Also duckte er sich unter dem Balken durch und trat ein in das Hexenhäuschen.

Fritz spähte ihm hinterher. »Irgendwas zu holen da drin?«, rief er in unterdrücktem Ton. Er machte keine Anstalten, Schultz zu folgen. Warum sich selber schmutzig machen, sollte dieser erst mal das Terrain sondieren. Andere für sich arbeiten lassen konnte Fritz gut.

Aber alles, was Schultz, von Spinnweben zerzaust, bei seiner Rückkehr zutage förderte, war ein Glas eingemachte Gurken.

»Kein Schnaps? Nichts zu trinken?«, moserte Fritz und hatte ihm das Glas schon entwunden, geöffnet und mit geübten gierigen Fingern die erste Gurke rausgefischt.

»Alles leer«, sagte Schultz, riss das Glas wieder an sich, verschlang auch eine Gurke und gab es zurück. »Lass mir was übrig!«

Fritz leerte das Gurkenwasser aus und verstaute das Glas in seiner Jackentasche.

Sie stolperten durchs krautige Gras, stiegen auf

ihre Räder und zottelten los, weiter durch die Anlage.

Die Sonne schien, es wurde beinahe heiß, eine Essiggurke war prima, machte aber Durst. Lohnte es sich, weiterzusuchen? Sicher gab es in anderen Lauben auch noch andere Schätze. Aber einfach weiter so einzubrechen, schien sogar Fritz zu dreist. Es würde sie jetzt nur aufhalten, dachte er.

Wie lange würde ihre Reise dauern?

War der Auftrag zum RLM auch eine Belastung, so war er doch ein Ziel.

Ein Ziel auf dem Weg nach Wannsee. Er würde versuchen, sich durchzuschlagen, um auf die Traute zu kommen.

Schultz wiederum handelte gern nach Anweisungen. Das hier war doch eigentlich ideal. Keine Zeitvorgabe, sie konnten ja immer irgendwie aufgehalten worden sein, kämpfen mussten sie nicht, und Geld zu transportieren war eine wohl jedermann einleuchtende staatstragende Angelegenheit.

Plötzlich schoss ihm ein Gedanke durch den Kopf.

Was wäre eigentlich, wenn die Summe auf der Banderole nicht dem entspräche, was in der Kasse war? Mit anderen Worten: War da überhaupt Geld drin?

Was, wenn der Spieß in Johannisthal das Geld an sich genommen hatte und sie beide als vermeintliche Betrüger bei der Übergabe verhaftet, und so chaotisch wie die Zustände waren, womöglich erschossen würden?

Auch unterwegs konnte natürlich jeder Kettenhund die Kasse überprüfen und, falls sie leer war, die ganze Aktion als Drückebergerei entlarven.

Und wieder sah Schultz sich unmittelbar vom Tod bedroht. Ihm wurde schlecht. Und das lag nicht an den Gurken.

Sie mussten sich Gewissheit verschaffen. Er bremste unwillkürlich hart, Fritz fluchte laut und wäre beinahe über ihn gestürzt.

»Was soll das? Bist du verrückt geworden? Was ist denn los?«

»Wir müssen die Kasse aufbrechen. Wer sagt uns, dass da überhaupt was drin ist!«

»Was ist denn das jetzt für 'ne Schnapsidee?«, schimpfte Fritz. »Ist das dein Geld? Was draufsteht, ist drin. War schon immer so beim Kommiss.«

»Was ist, wenn der uns in die Falle schickt und

selber mit dem Geld abgehauen ist, hä?«, insistierte Schultz.

»Wenn du hier die Banderole aufreißt, kriegst du ja wohl erst recht Ärger. Und wie willste denn sonst da rankommen?«

»Man müsste sie vorsichtig wieder zusammenkleben. Wenn die Summe stimmt, interessiert das doch niemand.«

»Zusammenkleben?«, fragte Fritz, als ob er es mit einem Verrückten zu tun hätte. »Wie denn? Mit Spucke?«

Sie stiegen von ihren Rädern ab und lehnten sie vorsichtig an den nächsten Zaun.

Schultz nahm den kleinen Stahlbehälter vorsichtig unter der Gepäckträgerhalterung hervor, als würde er sich erst jetzt bewusst, mit welch kostbarer Fracht sie unterwegs waren.

Langsam dämmerte Fritz, dass Schultz recht hatte. Nicht nur, was das Geld in der Kasse betraf, sondern dass der Inhalt überhaupt unsicher war. In jeder Hinsicht.

Schultz betrachtete die kleine Kassette von allen Seiten. Er schüttelte sie.

»Vorsicht«, rief Fritz unterdrückt. Aber es war nichts zu erfühlen und nichts zu hören. Wahrscheinlich war tatsächlich nichts drin, und Schultz hatte recht, sie befanden sich in höchster Gefahr.

Jetzt wurde auch Fritz schlecht.

»Wir müssen reinschauen, wie auch immer!«

»Aha, auf einmal«, murmelte Schultz.

»Könnte man nicht mit dem Gummiring vom Einmachglas die Kasse wieder verschließen? So was macht man doch auch um Münzrollen«, sagte Fritz. »Die Banderole muss überhaupt ganz weg. Wenn gar nichts draufsteht, kann doch egal was drin sein.«

»Tatsächlich?«, meinte Schultz und wies ihn darauf hin, dass auf ihrem Marschbefehl die Summe von ebendiesen siebenhundertfünfzig Reichsmark vermerkt sei.

»Egal«, rief Fritz und riss mit einem Griff den weiß-roten Papierstreifen ab.

»Nein!«, schrie sein Kamerad und boxte ihm mit beiden Fäusten auf die Brust.

Fritz ließ die Kasse fallen, doch wider Erwarten und zu ihrer Erleichterung sprang sie nicht auf, sondern fiel einfach runter und gab ihr Geheimnis nicht preis.

»Das Gummi, schnell!«, japste Schultz.

Das hatten sie natürlich längst verloren, als Fritz

das Glas mit den restlichen Gurken ohne den losen Deckel in der Jackentasche verstaut hatte. Schultz blickte um sich. Auf dem Boden des Sandwegs zwischen den Hütten war nichts zu sehen. Er rannte die wenigen Meter, die sie bis hierher gefahren waren, zurück und lief, die Augen immer nach unten gerichtet, in den kleinen Vorgarten der Laube, in die sie eingebrochen waren.

Jetzt ergriff ihn Panik.

Hier musste der Gummiring zu finden sein.

Der Gummiring, der das Einmachglas luftdicht abgeschlossen hatte.

Als gäbe es nur diese eine Möglichkeit, sein Leben zu retten, fuhr er mit beiden Händen und gespreizten Fingern durch das Gras.

Er verfluchte sein Geschick. Und Fritz. Und wieder sich.

Warum war er so gutgläubig gewesen, sich dem Hallodri auszuliefern?

Da blinkte etwas blassrot im Gras, und Schultz griff zu, als könne das Gummi sich noch in letzter Sekunde davonmachen.

»Ich hab's«, schrie er, sprang auf und lief zurück zu den Rädern.

Und was ihm wie eine Ewigkeit vorgekommen

war, hatte gerade lang genug gedauert, um Fritz die Kasse misstrauisch wieder auf den Gepäckträger abstellen zu lassen.

Schultz griff nach dem kleinen Behälter, spannte das breite rote Gummi zweimal darum und versuchte jetzt erst, quasi in Sicherheit, den Deckel aufzumachen und hineinzuschauen.

Vergebens. Die Kassette war verschlossen. Sie gab ihr Geheimnis nicht preis. Wo zum Teufel war der Schlüssel? Hätten sie den nicht, als vertrauenswürdige Kuriere, bei sich tragen müssen? Doch Schultz war sich sicher, er wenigstens hatte keinen mitbekommen.

»Rück den Schlüssel raus!«, blaffte er Fritz an, der ihm einen Vogel zeigte.

»Ganz ruhig, Günther. Wenn du ihn nicht hast, hab ich ihn auch nicht.«

Was sollte das heißen? Hatten sie also eine verschlossene Kassette?

Dann musste wohl der Empfänger den Schlüssel haben.

Und ja, es gab ja die genaue Anweisung, Referat IV, dritter Stock.

Nun standen sie also am Scheideweg. Sollten sie die Kasse aufbrechen, um sicherzugehen, würde das nach einem Diebstahlversuch aussehen und sie den Kopf kosten.

Sollten sie alles so lassen, wie es war, würden sie vor Ungewissheit keine ruhige Minute mehr haben, dann drohte, einmal in Mitte angekommen, bei Überprüfung und Fehlbetrag kurzer Prozess.

»Bewegung«, sagte Fritz. »Erst mal los. Es wird uns schon was einfallen.«

Das war seine genialische Seite. Er wusste, dass die Dinge sich in Bewegung, bei Bedenkenlosigkeit, freischütteln konnten.

Er schwang sich aufs Rad und trat mit voller Kraft in die Pedale, los, los, los, einfach los.

In Sekunden war er meterweit weg, und nun brüllte Schultz ihm nach: »Warte gefälligst.« Er war noch nicht fertig mit seinen Bedenklichkeiten. Sie hätten erst mal ausführlich überlegen müssen. Schließlich waren sie in dieser Kolonie einigermaßen in Sicherheit. Er spannte die Kasse in seinen Gepäckträger ein und dachte im selben Moment darüber nach, in die andere Richtung und weg von Fritz zu türmen. Aber nein, er brauchte ihn. Allein schien ihm seine Situation völlig ausweglos.

Also hinterher.

Fritz genoss offensichtlich diesen seinen Ausbruch von Bedenkenlosigkeit.

Er flog Schultz buchstäblich davon.

Sie kamen zum Ausgang der Kleingärten. Wohin nun? Rechts Richtung Spree oder links, rechts Richtung Kreuzberg?

Nach links sah es ruhiger aus. Fritz fuhr schwungvoll um die Ecke, hundert Meter hinter sich den aufgelösten Schultz, der nicht glauben konnte, dass sein Kamerad so offensichtlich den Verstand verloren hatte.

»Warte, verdammt noch mal!«, schrie er, verpasste beinahe die Linkskurve und bremste kurz darauf in voller Fahrt, denn sie saßen urplötzlich in der Falle.

Ein kleiner Menschenauflauf war hinter einem Kübelwagen entstanden, bei dem irgendetwas los war.

Und Schultz' allergrößte Befürchtungen wurden wahr, als er erkannte, wohin Fritz, als hätte er es darauf angelegt, mit seiner selbstvergessenen Raserei geraten war. Direkt in die Arme der Feldgendarmerie.

Nun hieß es die Nerven behalten.

Niemand traf gern auf diese Kettenhunde, aber

wer zu deutlich Angst zeigte, war natürlich erst recht verdächtig.

Mit dem inneren Schwung, in dem er war, dachte Fritz gewissermaßen huldvoll grüßend an den offensichtlich mit irgendetwas beschäftigten Gendarmen einfach vorbeizufahren, während Schultz starr vor Schreck anhielt.

Fritz hatte sich verschätzt.

»Halt!«, schrie es. Er bremste und sah sich um.

Es schien, als hätten die Soldaten irgendwelche Zivilisten am Wickel, von denen sie wahrscheinlich nicht die Auskunft bekamen, die sie erwarteten.

»Zurückkommen. Wohl wahnsinnig geworden! Sie haben sich hier auszuweisen.«

Der Feldpolizist blickte verwundert auf Fritz' paramilitärische Verkleidung und auf die etwas unsoldatische Ausbeulung der Jackentasche, in der das Gurkenglas steckte.

»Melde gehorsamst: im Auftrag der Truppe, abseits der Truppe. Auf dem Weg zum RLM.«

Und laut: »Schultz, komm mal her!«

»Brüllen Sie hier nicht rum, verdammt noch mal!« Der Gendarm war zusammengezuckt. »Wer ist Schultz? Wo ist Ihr Marschbefehl?«

»Hat er.« Fritz zeigte auf seinen Kameraden. Der war von seinem Rad abgestiegen und schob es heran. Ein Mann von etwa siebzig Jahren, ein Junge von vielleicht neun und ein blasses Mädchen machten ihm Platz.

An den Wagen gedrängt stand noch jemand.

»Mit dir sind wir gleich fertig«, hörten sie einen der Gendarmen in ruhigem Ton sprechen.

Schultz mochte nichts verbrochen haben, aber er sah so bleich aus wie ein weißes Blatt Papier.

»Bitte«, sagte er, reichte den sorgfältig zusammengefalteten Zettel, den er aus der Innentasche seiner Jacke gezogen hatte, an den Gendarm weiter, dem nicht entging, dass seine Hand zitterte.

»Was gibt's denn hier? Schiss in der Hose? Na, dann schaun wir doch mal.«

Der Bulle studierte den Zettel. Der Zweite behielt die Anwesenden im Auge, doch schien er sich mehr für die Neuankömmlinge zu interessieren, was kein gutes Omen für die Übrigen war.

»Wo ist die Kasse?« Schultz rührte sich nicht. Er war der festen Überzeugung, wie alle Missetäter, dass er längst durchschaut war.

Aber wobei nur?

Die Banderole hatte Fritz abgerissen, sicher. Aber es konnte doch niemand wissen, dass überhaupt eine darum gewesen war. Oder doch?

Hatten die Dinge nicht auch ein Gedächtnis, sodass man ihnen, gerade in Zeiten äußerster Anspannung, ansah, wenn sie missbraucht worden waren? Offenbarten die Geheimnisse sich nicht am liebsten von selbst?

Schultz war drauf und dran zu beichten: Die Banderole ist ab, weil wir nicht wollten, dass irgendjemand daraufkommt, dass gar kein Geld in der Kasse ist.

»Wo ist die Kasse?«, wiederholte der Gendarm. »Sind Sie taub oder blödsinnig?«

Schultz griff hinter sich und nahm die kleine Kassette mit dem Gummiring vom Gepäckträger.

»Aufmachen!«, schnauzte der Feldgendarm ihn an.

»Kein Schlüssel.« Mehr brachte Schultz nicht raus.

Doch nun geschah etwas Unerwartetes, das auch Fritz, der unschuldsvoll danebengestanden hatte, bass erstaunte.

Der Gendarm zog den Gummiring ab, hatte plötzlich einen Schraubenzieher in der Hand, setzte den hebelartig am Deckel des Kästchens an, brach es mühelos auf und hielt ein Geldbündel in der Hand.

Er zählte leise murmelnd die Scheine, klappte den Deckel wieder zu, legte den Gummiring herum, gab die Kasse Fritz und grinste. »Sieh zu, dass deinem ängstlichen Häschen hier nichts verloren geht.«

»Abmarsch. Aber Vorsicht, in Richtung Kreuzberg ist heftiger Beschuss.«

Fritz wie Schultz schoben die Räder erst bis zur nächsten Ecke, gingen dabei wie Eiertänzer, um dann, noch in Sicht der Kettenhunde, betont pflichtbewusst aufzusteigen und loszufahren.

Schlecht war ihnen beiden. Schultz musste nach hundert Metern anhalten. Er hielt sich an einer halb zerschossenen Laterne fest und übergab sich. Sturzbachartig.

»Schade um die Gurke«, sagte Fritz und hielt ihm grinsend das Glas hin.

»Noch eine?«

Es war nun kurz vor elf, wie er mit einem kurzen Blick auf seine Uhr feststellte.

Um sieben ungefähr würde es dunkel werden, bis dahin musste die Aktion vorüber sein.

Sich im Dunkeln durch das umkämpfte Berlin zu bewegen war undenkbar.

Jedenfalls für Fritz. Er dachte nicht daran, auch nur eine Sekunde länger als nötig für die verlorene Sache seinen Kopf hinzuhalten.

Wenn die Wilhelmstraße erreicht war, wenn das Geld übergeben war, musste man so tun, als ob irgendeinem weiteren Befehl gefolgt würde, und sich so schnell wie möglich und ohne Diskussion aus dem Ministerium verdrücken.

Je nach Lage der Dinge wäre das Haus in Friedenau oder der Kahn in Wannsee zu erreichen. Wollten sie nicht in die Dämmerung geraten, blieben noch höchstens vier Stunden nach Mitte.

Über Sonnenallee und Hermannplatz kamen sie zum Kottbusser Tor.

Ab und an wichen sie über Nebenstraßen aus, wenn wieder einmal ganze Mietshäuser auf die Straße gestürzt waren und als riesige Trümmerhaufen den Weg versperrten oder wenn sie in die Nähe von Abwehrstellungen gerieten, die der Volkssturm mithilfe von quer gestellten Straßenbahnwagen errichtet hatte.

Noch einmal wollten sie die Tauglichkeit ihres

Marschbefehls möglichst nicht auf die Probe gestellt sehen.

Immer wieder auch mussten sie von ihren Rädern absteigen, sie schieben oder schultern. Dann kletterten sie wie Bergsteiger über Hindernisse und sahen zu, dass die Reifen keinen Schaden nahmen.

Ein Wunder war es, und nur der Robustheit ihrer Räder zu verdanken, dass sie es überhaupt bis hierher geschafft hatten.

»Ob der wirklich weiß, wo es langgeht?«, fragte sich Schultz, als Fritz ihn aufforderte, sich wieder aufs Rad zu setzen und ihm durch einen Bogendurchgang in einen Hof zu folgen, der in all dem Durcheinander wie ein Hort der Ruhe erschien.

»Von hier gibt's einen Weg durch die Höfe«, sagte Fritz und zeigte auf den nächsten und wieder nächsten Durchgang. »Kenn ich, da gab's noch vor einem Jahr 'n Großhändler. Messer für die Küche.«

Der Weg war frei, aber als sie den zweiten Hof erreichten, begannen Sirenen zu heulen.

Das elende Auf- und Abschwellen des Luftalarms.

»Jetzt kommen die schon tagsüber!« Schultz fluchte. »Wir müssen runter hier.« Er zeigte auf einen Kellereingang, neben den das Kürzel »LSR« gemalt war.

»Und die Räder?«, fragte Fritz und konnte sich nicht entschließen. Sie durften sie keinesfalls oben lassen, und sie mitzunehmen in den Luftschutzraum war unmöglich.

Oder doch nicht? Es kam auf einen Versuch an.

Im Treppenhaus trafen sie auf die Hausbewohner, die erstaunlich ruhig im Gänsemarsch in den Keller runtergingen. Frauen, Männer, Kinder. Jeder hatte irgendetwas dabei. Es schien, als wollten sie die Tätigkeiten, die sie in ihren Wohnungen gerade verrichtet hatten, über die Treppe als Schleuse im Keller fortführen. Vor allem Zeit schienen sie vorsorglich mitzunehmen. Fritz sah Töpfe, Teller, Kleidungsstücke, einen Nähkorb. Andere hatten Decken im Arm, Kissen und Taschen.

Die Sirenen heulten unablässig.

Komisch, dass die noch so tadellos funktionieren, dachte Fritz und vernahm in der Ferne das tiefe Brummen sich nähernder Flugzeuge. Er stolperte bereits mit dem geschulterten Rad die ersten Treppenstufen hinab, als ein Luftschutzwart, der aussah wie ein kaiserlicher Polizist, mit dickem Schnauzbart und friedensmäßiger Plauze, ihn anherrschte: »Rad raus hier. Wohl verrückt geworden?«

»Das Fahrrad muss mit, Befehl von oben«, versuchte Fritz mit wegwischender Geste, die Autorität des Dicken zu überbieten.

Schultz war direkt hinter ihm, als ein eindeutiges Pfeifen, ein Sirren, zu hören war und dann ein fürchterlicher Schlag in den Boden des Hofs erfolgte, der eine gewaltige Staubwolke auslöste, die in den Kellereingang hineindrückte.

»Tür zu da oben!«, schrie der Luftschutzwart, stolperte gleich mehrere Stufen auf einmal nach unten und wollte hinter der schweren Bunkertür verschwinden und sie zuziehen. Das gelang ihm aber nicht, da Fritz sich dazwischenquetschte und die Tür mit Gewalt so lange offen hielt, bis auch Schultz mit seinem Rad im Innern des Schutzraums angelangt war.

»Das hat Folgen!«, erregte sich der Aufpasser. Er atmete schwer. »Dafür werden sie sich verantworten! Namen?«

»Ich heiße Hase, und das ist mein Kamerad Igel.« Fritz wurde frech, ihm war vollkommen egal, was der Mann vorhatte. Er sah, dass der bewaffnet war, aber das war er selbst ja auch.

»Kommt rin jetz in die jute Stube, und hört uff hier rumzukrakeelen«, rief den dreien eine Frau zu, die hinter einem hohen Holzregal auf einem umgedrehten Blecheimer saß und vor sich auf einer Kiste einen Kuchen hatte.

Schultz glaubte seinen Augen nicht zu trauen, als zwei andere, jüngere Frauen aus ihren Taschen Becher zum Vorschein brachten und aus einer Thermoskanne etwas einschenkten, das erst nach Kaffee aussah und dann auch danach roch. Nein, duftete. Das konnte nicht wahr sein.

Ein neuer Einschlag folgte. Es gab einen fürchterlichen Knall, die Decke erzitterte, und herunter rieselte Staub. Alle waren sofort still, bis die Kuchenfrau »Ruhe da oben« schrie und sich damit Luft machte.

»Keine Müdigkeit vorschützen, los jetzt. Für jeden ein Stück. Ranjeklotzt und nich jezittert, ran an Sarg und mitjeweent!«

Nun kamen andere nach vorne, die sich bisher hinten verkrochen hatten. Zwei ältere Männer, sie mochten wohl fünfzig sein, drei Kinder zwischen fünf und acht und noch ein jüngerer Mann, der etwas dümmlich grinste und gleich zugreifen wollte. Er summte dabei vor sich hin: »Eckensteher Nante kam zu seiner Tante, wollt ein Stückchen Kuchen haben, sagt noch nicht mal Danke.«

»Ruhig, Bodo, Finger weg«, schalt ihn die Frau auf dem Eimerschemel. Der Bodo Genannte wackelte mit dem Kopf und ließ einen hohen Pfiff ertönen.

»Ein äußerst seltener Vogel«, dachte Fritz, lehnte sein Rad neben der Bunkertür an die Wand und bot als Angebot zur Versöhnung dem Wachmann eine Zigarette an.

»Hier ist Rauchen verboten«, sagte der voll Empörung, sodass Fritz über sich selbst den Kopf schütteln, die Zigarette wieder wegpacken und sich mit einem »Natürlich, natürlich, o Gott, wie blöd« an die Stirn schlagen konnte.

Misstrauisch wurde er beäugt. Gerade als der Dicke ein Notizbuch aus der Jackentasche zog und an eine ausführliche Demonstration seiner Macht gehen wollte, gab es einen neuen Einschlag und wieder einen schweren Ruck, ein Beben, das durch den ganzen Raum ging.

Die beiden jungen Frauen stöhnten. Die zwei kleineren Kinder weinten. »Das sind nicht die Tommys, die klingen anders«, meinte naseweis der Achtjährige, und Bodo pfiff.

Aber nun kroch doch die Angst in den Leuten hoch, nun blieb ihnen doch das Stückchen Humor, das sie versuchten zu retten, im Hals stecken.

Jetzt ging es Schlag auf Schlag. Das Licht verlosch. Es war stockdunkel, die Luft war schwer, dann ging das Licht wieder an. Dann wieder aus.

Fritz hatte sich auf den Boden gehockt, an die Kellerwand gelehnt. Wenn wir hier noch mal rauskommen, dachte er, bleib ich nur noch auf dem Wasser. Das Leben in Häusern ist überhaupt zu eng. Der Himmel zu weit weg.

In Gedanken machte er sein Beiboot los. Da lag es, schaukelnd am Steg, immer bereit, ihn überzusetzen. Es war wunderschön aus Holz gearbeitet und hatte als Stoßfänger eine rundum laufende, in graues Segeltuch gepackte, dicke Wulst.

In der Mitte der vorderen Sitzbank war ein Loch, in das man gegebenenfalls einen Mast stecken konnte, um ein Segel daran zu befestigen.

Ein Steckschwert gab es und ein kleines Ruder.

Auf diesem Bootchen hatten Fritz und Schwester Inge segeln gelernt.

Allerdings ohne jede Anleitung. »Seht zu, wie ihr klarkommt.« Kinder hatten in der Schublade aufzuwachsen, hieß es. Auf Schwimmwesten allerdings bestand Elise. Die waren aus Kork und unhandlich, und ob sie wirklich trügen, war reichlich ungewiss.

Später, so mit zehn, ging Fritz mit diesem Beiboot dann oft alleine segeln. Er liebte es, auf dem Boden zu sitzen, das Ruder zu halten und dabei aufs Wasser zu schauen und zu träumen.

Ein unmerklicher Dialog entspann sich da. Die kleinen kräuseligen Wellen blubberten am Rumpf entlang, sie schmatzten oder klirrten leicht und sahen sich niemals gleich.

Wenn die Sonne schien, dann glitzerten und glänzten sie, und sah man hoch, war da ein Meer. War's aber grau, und das war's oft, so konnte ihre stumpfe Farbe einlullen und befrieden.

Dann war man auf dem Trauteken, denn dieses war der Name, so sicher wie in Abrams Schoß.

Das war es eben eigentlich, ein Schiff, dem Jungen erst und dann dem Mann, eine Wiege aus Seligkeit und Sicherheit.

Es knallte gewaltig. Wieder bebte der Boden. Die Leute schrien, und Putz rieselte von der Decke. Der Luftschutzmann kroch tastend herum. Er hatte seine Lampe fallen lassen und fluchte. Jetzt holte Schultz seine eigene Taschenlampe raus. Er wollte sichergehen, dass niemand verletzt war. Er leuchtete in den Raum hinein. Durch die Wolke, die der Staub gebildet hatte, erkannte er, dass hinten ein Deckenbalken auf den Boden geschlagen war. Jetzt zischte es. Bloß kein Gas, dachte Schultz, und Fritz nahm ihm die Taschenlampe ab, um die Quelle des Geräuschs zu suchen.

Eine Wasserleitung war geplatzt.

»Die Taschenlampe her! Der Absperrhahn ist hier drüben! Hier!« Die Frauen riefen nach Fritz, als im selben Moment das Licht wieder anging, erst flackernd, dann beständig.

Die jüngste öffnete neben der Tür, knapp über dem Boden, eine eiserne Klappe. Dahinter befanden sich drei Hähne. Vorsichtig bewegte sie den ersten. Das Wasser zischte weiter. Dann drehte sie alle ab, und tatsächlich war das Zischen zu Ende. Der Boden war nass, von hinten kroch das Wasser heran, und sie versuchten, die Füße hochzunehmen. Was wäre wohl geschehen, wenn wir das nicht hätten abstellen können?, dachte Fritz. Wären wir dann am Ende alle ersoffen, wie auf der Titanic?

In der Stille, die sich jetzt ausbreitete, konnte

man ähnliche Gedanken bei den andern Kellerbewohnern förmlich spüren.

Dafür nahmen die Bombeneinschläge nun langsam ab, und Günther Schultz brachte alle bass zum Erstaunen, als er sagte: »Krieg ich nun ein Stück Kuchen oder nicht?«

Er zog seinen Esslöffel aus der Tasche.

»Und dazu bitte eine Tasse Kaffee. Aber nur einen Droppen Sahne!« Sein schlesischer Dialekt mit der breiten Zunge schlug leicht durch.

Fritz musste grinsen. So viel Kaltschnäuzigkeit hatte er ihm gar nicht zugetraut. Aber, na ja, wenn er was zu futtern kriegen kann, dachte er.

Ein Pfiff ertönte, und wieder hieß es: »Finger weg, Bodo.«

Angespannt horchten nun alle.

Ob oben das Haus wohl noch stand? Ob es brannte? Alles lauschte, ob irgendetwas zu hören war. Doch nichts. Kein Laut. Was ließ sich daraus schließen?

War so viel Schutt vor ihrer Kellertür gelandet, dass kein Geräusch mehr durchkam? Und würden sie dann aus ihrem Verlies noch herauskönnen?

Nichts war zu hören. Auch nicht durch die kleine Luftschleuse oben in der Tür.

Nun wurde ihnen unheimlich.

Der dicke Luftschutzwart versuchte vorsichtig, erst den Verschlusshebel und dann die Tür selbst zu öffnen. Vergeblich. Sie waren eingeschlossen.

Einer der Hausbewohner, ein untersetzter Mann von etwa fünfzig Jahren, begann gegen die Tür zu schlagen und zu rufen. »Hallo! Ist da jemand? Hallo? Hallo!« Niemand antwortete.

Nun begannen auch die anderen lauthals zu rufen: »Hallo, Hilfe, Hallo, hierher!« Aber hinter der Tür blieb es still.

»Ruhe jetzt, verdammt noch mal«, brüllte der Luftschutzwart dazwischen und zeigte auf die Wand zum Nachbarkeller. »Dahinten gibt's 'ne Hacke. Versuchen wir, da durchzukommen.«

Tatsächlich hing im hinteren Teil des Luftschutzraums an der Wand zum Nebenkeller an zwei Haken eine Spitzhacke. Und nun begannen Schultz, Fritz und die anderen Männer abwechselnd, auf die Mauer einzuschlagen.

Schon nach drei, vier Schlägen war ein Loch entstanden, durch das man eine Treppe im anderen Keller sehen konnte. »Da ist Licht!«, rief eine der Frauen. Und tatsächlich: Oben war eine Tür. Und die stand offen.

Noch ein paar Schläge, und das Loch war groß genug. »Raus, raus, raus und nach oben!«, rief Fritz den Leuten zu, die ängstlich im Hintergrund abgewartet hatten.

Als die beiden jungen Frauen, Bodo, die drei Kinder, die beiden Alten und die Kuchenfrau durchgeklettert waren, schob von hinten der Luftschutzwart die beiden Räder heran. Fritz kletterte durch die Maueröffnung und nahm sie vorsichtig entgegen.

Der Dicke stieg durch, als von oben eine Frauenstimme rief: »Wo bleibt ihr denn?«

Mit seinem Rad über der Schulter kletterte Fritz die Treppe zum Nachbarhof hoch. Oben angekommen, bot sich ein Bild der Zerstörung. Der vordere Teil des Hauses war vollkommen eingestürzt, brennende Trümmer blockierten den Rückweg, aber durch den dritten konnten sie noch in den vierten Hinterhof gelangen und von da aus auf die Parallelstraße hinter dem Haus.

Es hatten sich schon alle dort versammelt und starrten ungläubig in die Flammen, die jetzt alles vernichteten, was ihnen geblieben war, als endlich auch Schultz auftauchte.

»Na bitte«, sagte Fritz. »Da biste ja. Wisch dir

mal den Mund ordentlich ab, hast ja überall noch Krümel.«

Es war drei, als sie im Reichsluftfahrtministerium ankamen.

Der ganze Hof war voll mit Leuten und Lkws, auf die Sachen verladen wurden. Was das für Sachen waren, blieb unklar.

»Gibt's hier noch irgendwas zu futtern?«, fragte Schultz den Posten am großen Eisentor, der sie nach Sichtung ihrer Papiere durchwinkte. Schultz ahnte, dass wieder einmal große Mengen Lebensmittel an ihm vorbeigeschleust werden sollten. Es waren aber auch holzverschalte Gegenstände darunter, die für Munitions- oder Waffenkisten ein zu ungewöhnliches Format hatten. Hier wurde Schluss gemacht, das war offensichtlich. Schluss mit Ordnung und Übersicht. Schluss mit Gewalt und Gebrüll.

»Fragt drinnen«, sagte der Soldat. »Hab vorhin noch 'n Küchenbullen gesehn.«

Die Fahrräder lehnten sie an einen Holzstapel, der aus irgendeinem unerfindlichen Grund an der Seite des Zauns aufgetürmt war.

Transportholz, dachte Fritz.

Sie kamen zum Portal V und gingen eine Treppe

hoch, die sich hinter einem kleinen Vestibül befand. Es herrschte ein gewaltiges Gedränge. Einzelne schleppten Akten. Andere Kisten. Allein, zu zweit, zu viert. Es war laut, es wurde geschubst.

»Stantewski, Sie bleiben bei mir«, brüllte ein spindeldürrer Hauptmann Fritz direkt ins Ohr. Der erschrak so, dass er im selben Moment zurückschrie: »Was soll das, du Idiot!«

Zum Glück war der Ranghöhere in seiner Fluchtvorbereitung zu beschäftigt, um die Sache zu ahnden.

Schließlich hatten sie es in den dritten Stock geschafft. Eine Krankenschwester stand in einem Türeingang und versuchte, etwas auf einem Blatt zu entziffern. Überall Bewegung und Lärm.

»Schwester, wissen Sie, wo sich hier das Referat IV befindet?«, fragte Fritz und hoffte, dass überhaupt noch jemand da war, um ihnen den Empfang der Kasse zu bestätigen und sie, womöglich, mit einem weiteren, möglichst dehnbaren Marschbefehl auszustatten.

Die Frau blickte auf. »Was wollen Sie denn da? Hier ist doch alles in Auflösung. Machen Sie, dass Sie nach dem Westen kommen.« Sie klang unendlich müde.

»Die Kasse muss hierbleiben«, sagte Fritz und zeigte hinter sich auf Schultz.

Wo war der?

Wo war der mit der Kasse?

»Schultz«, brüllte Fritz jetzt seinerseits und aus dem Stand, sodass die Schwester zusammenzuckte und ihm vor Schreck gegen das Schienbein trat.

»Schultz!« Fritz sah um sich. Der Kerl war spurlos verschwunden. Mit ihm die Kasse. Und mit ihm der Marschbefehl.

Ihm wurde flau.

Er machte kehrt und schubste sich durch die Masse der auf der Treppe nach unten Drängenden.

»Schultz«, brüllte er wieder, aber der blieb verschwunden.

Dieser verdammte Feigling, dachte er empört. Erst schleppe ich ihn hierher mit, was er alleine nie geschafft hätte, dann lässt er mich im Stich.

Hatte es jetzt überhaupt noch Sinn, Referat IV aufzusuchen? Ohne ordnungsgemäß den Auftrag erledigen zu können?

Was wäre erfolgversprechender? Die Sache mit Schultz einem wie auch immer gearteten Referatsleiter zu berichten oder selber einfach abzuhauen, auf die Gefahr hin, ohne Marschbefehl sofort aufgehängt oder erschossen zu werden?

Er musste noch mal hoch. Vielleicht war Schultz aufgehalten worden und wartete nun seinerseits oben auf ihn.

Fritz rannte die Treppe wieder rauf. Er boxte rücksichtslos jeden, der ihm im Weg stand, beiseite, nahm, wo es ging, zwei Stufen auf einmal, und selbst in dem Chaos des Aufbruchs fiel er nun auf.

»Wat denn nu?«, rief einer. »Ruff oder runter?« Aber Fritz kümmerte sich nicht darum.

Als er oben angekommen war, stand die Schwester noch immer im Türrahmen.

Ihm schoss durch den Kopf, dass er wohl noch zehnmal rauf- und runterlaufen könne, ohne dass die Zeit oder die Menschen in dem Treppenhaus sich bewegen würden. Die Ausweglosigkeit seiner Situation hatte alles festgefroren.

»Ist er hier gewesen?«, fragte Fritz die Frau. Aber die sah ihn nur verständnislos an.

»Schultz!«, rief Fritz.

»Was wollen Sie denn? Hier ist alles in Auflösung. Machen Sie, dass Sie nach dem Westen kommen!«

Hatte sie das eben nicht schon einmal zu ihm gesagt?

Er schüttelte sich. Sein Kopf war leer, sein Magen auch. Die Gurken hatten sie unterwegs nach Mitte aufgegessen.

»Gibt's denn vielleicht noch irgendwo Verpflegung?«, fragte er.

»Das weiß ich nicht«, sagte die Schwester, sah Fritz' Hundeblick, den er nach alter Väter Sitte vorsichtshalber aufgesetzt hatte, und griff in ihre Schürzentasche.

»Nehmen Sie und hauen Sie endlich ab!«

Das Butterbrot im Pergamentpapier wirkte verstärkend auf die Autorität der krankenschwesterlichen Worte, und so machte Fritz kehrt und ging. Die Treppe runter, durch die Masse der Leute, durchs Vestibül ins Freie. Noch im Laufen verschlang er das Brot.

Die Luft war rauchig und doch auch klar. Auspuffschwaden zogen durch den Hof. Die Lastwagen ließen die Motoren laufen und fuhren durchs Tor davon. Wohin wohl?, dachte Fritz.

Wie wollten die denn nach Westen? Über die Ost-West-Achse und Heerstraße nach Spandau oder über die Avus Richtung Potsdam und Werder, wo ja angeblich Wenck mit seiner Truppe stand?

Könnte man da nicht aufspringen und mitfahren, überlegte er einen Moment lang, aber auf den nicht besonders originellen Einfall waren schon andere gekommen, die jetzt von den mitfahrenden Wachen rabiat runtergeschmissen wurden.

Also Fahrrad, beschloss Fritz.

Besser als nichts.

Und tatsächlich, angelehnt an den Holzstoß stand sein Rad noch immer da. Ebenso auffällig wie die Tatsache, dass das andere verschwunden war.

Ob der die Kasse einfach mitgenommen hatte? So viel Draufgängertum war Schultz doch gar nicht zuzutrauen. Aber nebbich, dachte Fritz, jetzt hab ich den Schlamassel.

Weg jetzt hier, einfach los jetzt. Weg hier, wo immer näher Granaten einschlugen, an deren Einschlagwinkel und Geräusch man abschätzen konnte, dass die Geschütze nicht weit entfernt waren.

Ab sofort musste natürlich bedacht werden, dass die größte Gefahr nun von den eigenen Leuten ausging. Für die war Fritz vogelfrei: allein auf einem Fahrrad, als wolle man auf einen Sonntagsausflug. Wobei wenigstens die Frage entschieden war, wohin. Denn in der Stadt zu bleiben, ins Haus nach Friedenau, war nach allem, was man aus den Gesprächsfetzen der Umstehenden entnehmen konnte, keine gute Idee.

Also Wannsee. Also zum Potsdamer Platz und erkunden, ob die Wannseebahn noch fuhr. Erstaunlicherweise war ja auf einigen Strecken immer noch Betrieb. Vorhin, unterwegs an der Belle-Alliance-Straße, waren Leute aus dem U-Bahnhof gekommen. Warum sollte also nicht auch die S-Bahn noch fahren?

Dann fiel ihm ein, dass natürlich gerade auf den großen Bahnhöfen verstärkt Feldgendarmerie patrouillierte, und er verwarf den Gedanken. Er musste irgendeine Legitimation finden, um sich allein mit dem Fahrrad durch die Stadt bewegen zu können. Wie machten das denn die andern, die aus dem Ministerium abhauten, um sich nach Hause durchzuschlagen? Sein Soldbuch fiel ihm ein. Einen Stempel mit irgendeiner unleserlichen Kritzelei daneben müsste man ergattern. Unter den Umständen dieser Tage könnte man sich dann schon irgendwie rausreden.

Er blickte sich um. Das Gebäude war riesig, hatte eigene Flakgeschütze auf dem Dach und war wohl auch deshalb weniger beschädigt als die Gegend rundum. Irgendwo in einem der vielen verlassenen Räume an einem der vielen verlassenen Schreibtische schlummerten Stempel der verschiedensten Sorten und sicher auch solche mit dem Druck »RLM« und dem Reichsadler oder Hakenkreuz.

Dazu ein Datumsstempel von heute und die Bemerkung »Im Auftrag GL«.

So etwas musste doch zu finden sein.

Der Generalluftzeugmeister würde es ihm schon nachsehen, schließlich hatte er den in seinem Kasino in Tempelhof ja oft genug bedient.

Fritz spähte vom Hof aus nach oben. Wohin sich wenden?

Er nahm das Fahrrad und bugsierte es so zwischen Holzstoß und Zaun, dass es nicht auf den ersten Blick zu entdecken war.

Dann fiel ihm eine kleine Seitentür in den Blick, bei der das Gedränge überschaubar schien. Sie führte zu einem Küchentrakt, aus dem eine Wendeltreppe in der Art eines Dienstbotenaufgangs nach oben führte. Während die Übrigen sich in den Tiefen der Küche umzusehen schienen, nahm Fritz die Treppe rauf.

Ein Bündel fiel ihm entgegen, gefolgt von seinem Besitzer, einem Zivilisten, der es eilig hatte.

»Zum Amt des GL?«, fragte Fritz. Der Mann erwiderte nur ein Schnaufen und stieß ihm in die Rippen. Es kamen noch zwei Zivilisten herunter und drängten sich an Fritz vorbei. Der hielt sich am Geländer fest und zwängte sich weiter nach oben. Links oder rechts? Rechts. Nein, links war besser. Der Gang länger, mehr Zimmer.

An der dritten Tür rechts klopfte er. Erstaunlicherweise rief eine Stimme: »Herein!«

Er öffnete und sah einen Mann in einem Zivilanzug, der neben der Tür vor einem Rollschrank kniete. »Sie wünschen?«, fragte der, ohne sich umzudrehen.

Wie immer in solchen Situationen hatte Fritz sofort die Lösung parat.

»Ein Geldbote der Versuchsanstalt vom Flughafen in Johannisthal war mit mir herbeordert und hat mich einfach sitzen lassen.«

»Was habe ich denn damit zu tun?«, fragte der Mann und blickte kurz zu ihm hoch, vollkommene Verständnislosigkeit ins Gesicht geschrieben.

»Sie haben die Stempel«, sagte Fritz und wedelte mit der Hand, als ob er ihn zur Eile mahnen wollte.

»Unsinn. Hier ist das Verbindungsbüro des Reichsmarschalls zum Rundfunk.«

»Egal«, rief Fritz, dem jegliche Scheu abhandengekommen war.

»Ich muss ohnehin an der Masurenallee vorbei. Schreiben Sie das auf einen Zettel, Stempel drunter, fertig.«

»Und wo wollen Sie dann hin?«

»Zum PYC nach Wannsee«, sagte Fritz jetzt völlig ungeniert.

»Zum Potsdamer Yacht-Club?«, fragte der Mann offensichtlich orientiert, aber ziemlich entgeistert. »Den hat doch die SS besetzt.«

»Weiß ich doch, Mann«, rief Fritz und stutzte. Den Kerl kannte er! »Mensch, Poehlkow! Du? Was ist denn hier los? Was machst du denn hier, Menschenskind?«

»Fritz?«

Unter anderen Umständen hätten sie gelacht, dass sie sich erst jetzt, dafür im selben Moment, wiedererkannten. Sie hatten, jeder mit seinem Kram beschäftigt, einfach nicht richtig hingesehen.

Fritz griff nach einem Stuhl und ließ sich darauf fallen. Seit Beginn des Krieges hatten sie einander aus den Augen verloren.

Jetzt holte Helmuth Poehlkow erst mal Zigaretten raus. Er hatte offensichtlich Zeit. Er setzte sich auf einen zweiten Stuhl und bot seinem Clubkameraden eine Finas an.

»Wieso bist du denn noch hier? Und dann noch in Zivil? Wo warste denn die ganze Zeit? Du. Als Architekt. Haste dein Schiff jetzt im Verein segelnder alter Weihnachtsmänner?« Das war ihr Spottname für den Nachbarverein Seglerhaus am Wannsee.

Die Fragen prasselten auf Poehlkow nur so nieder, aber der hatte keine Lust, viel zu erzählen.

Sie waren Nachbarn gewesen in Friedenau und hatten gemeinsam ihre Kindheit im Segelclub verbracht. Aber auch bei Poehlkow hatte Fritz mit seiner übermütigen Art, andere zu überfahren, viele Narben hinterlassen.

»Hör mal«, sagte Fritz, als er merkte, dass Poehlkow nicht in Redelaune war. »Ich will zur Traute, die liegt ja jetzt in der Klaren Lanke. Da ist alles vorbereitet, um ein paar Tage den Kopf einzuziehen. Lang kann's ja nicht mehr dauern. Alles, was ich brauche, ist irgend 'n Stempel ins Soldbuch. Oder sonst wohin.« Er grinste.

Schon diese winzige Anzüglichkeit reichte Poehlkow. Er kannte Fritz und hatte keine Lust, sich Sauereien anzuhören.

Er ging zum Schreibtisch, zog die Schublade auf, zeigte auf die Rollschränke, von denen einer offen stand, und sagte: »Bitte. Bedien dich.«

»Das lass ich mir nicht zweimal sagen.« Fritz stöberte durch den Inhalt der Schublade. Dann fiel ihm der Telefonapparat in den Blick.

»Geht das noch?«, fragte er.

Poehlkow zuckte mit den Schultern. »Probier's«, sagte er.

Fritz nahm den Hörer ab und – er konnte es kaum glauben – vernahm das vertraute Tuten.

»Es geht«, sagte er ungläubig und wählte zur Probe einfach drauflos.

Es war eine Nummer in Zehlendorf, sie begann mit einer Acht.

»Kammacher«, meldete sich eine Frauenstimme.

»Guten Tag, gnädige Frau. Hier Poehlkow« – der sah ihn böse an – »Reichsluftfahrtministerium. Gestatten Sie die Frage, ist bei Ihnen noch alles ruhig?«

»Um Gottes willen, ja«, antwortete die Frau.

»Dann verzeihen Sie bitte die Störung.« Sprach's und legte den Hörer auf die Gabel, während am anderen Ende der Leitung gerade noch ein »Ist denn …?« zu verstehen war.

Fritz wählte erneut, und diesmal war es ihm bitterernst, denn vielleicht würde es ihm gelingen, über ein Amt Marianne in Caputh zu erreichen. So ein Telefon war schließlich nicht korrumpierbar: Wer dranging, lebte.

Es war die Leitung nach Wählen der Null aber tot. Vor den Schränken der Vermittlung am Leipziger Platz saßen wohl keine Fräuleins mehr.

Enttäuscht legte er auf und zog ein Formular aus der Schublade.

»Abrechnung der täglich gesendeten Lageberichte des OKL.«

Ein Fritz vollkommen fremdes Gebiet.

»Muss nach Wannsee, Reichsluftschutzschule, Bunker Heckeshorn«, schrieb er in großen Buchstaben auf das Papier. Das war natürlich kompletter Unsinn, bar jeder Vernunft, aber je dreister, desto besser.

Nun musste noch ein, oder besser, es mussten mindestens noch zwei Stempel her, die dem Ganzen einen gutdeutsch-rabiaten Anstrich gaben.

Auf dem Tisch stand der obligate Stempelkranz. Fritz zog einen heraus, knallte ihn aufs Löschpapier. »Sondersendung« stand da. Auch nicht schlecht. Passte doch. Damit konnte er ja durchaus selbst gemeint sein.

Er griff nach einem weiteren. »Anschlussengagement verweigert.« Wie rätselhaft. Als Verweigerung jedoch zu verdächtig.

Der nächste Stempel. »Morgenlicht!« Mit einem Ausrufezeichen!

»Was heißt Morgenlicht?«, wandte sich Fritz um.

Poehlkow drückte seine Zigarette aus, sah etwas ratlos zu Fritz rüber und zuckte mit den Schultern.

»Die ham doch auch Tests mit Fernsehen gemacht«, lautete die etwas merkwürdige Antwort.

»Beeil dich lieber«, sagte er dann. »Wenn du noch nach Wannsee willst, wird es Zeit.«

Poehlkow selbst schien keine Eile zu haben.

»Und du?«, fragte Fritz. »Was machst du noch hier?«

»Ich werde warten. Mich überrollen lassen. Jetzt noch fliehen ist doch völlig sinnlos. Die werden auch Leute brauchen, und bevor ich durch die halbe Stadt jage, um eventuell vor einem zerstörten Haus zu stehen, gehe ich lieber hier in den Bunker. Lange kann's ja nicht mehr dauern.«

»Na dann viel Glück«, wünschte Fritz, als ob die Unternehmung, die er vorhatte, so viel sicherer wäre.

Er faltete den Vordruck sorgfältig zusammen, nachdem er noch »Auftrag« von einem weiteren Stempel draufgeknallt hatte, steckte das Papier in einen Umschlag und legte diesen in das Soldbuch.

Er schob beides in die linke Brusttasche der Uniform und sagte:

»Wenn ich den Schultz finde, der mich hier ohne Marschbefehl sitzen gelassen hat, dann trete ich ihm so in den Arsch, dass er über die Front direkt beim Russen landet. Dieses Kameradenschwein. Alles Gute, Helmuth. Wir sehen uns im Püz.«

Den Club in Wannsee kürzten sie so ab. PYC.

Der spinnt, dachte Poehlkow und bewunderte ihn insgeheim dafür, jetzt schon an eine Zeit nach dem Krieg zu denken, den sie beide erst mal überleben mussten.

Fritz trat hinaus auf den Gang. Das Jaulen und Donnern der Einschläge war näher gekommen, dafür war der Lärm im Treppenhaus, wie auch im Hof, beinah erstorben.

Er wandte sich der Wendeltreppe zu und stieg sie hinab. Niemand zu sehen. Unten im Küchengang auch kein Mensch. Das war jetzt schnell gegangen. Alle weg.

Er trat in den Hof. Der war leer bis auf einen Besoffenen in Kochmontur, der in einer Ecke saß und Selbstgespräche führte. Er rauchte und hatte eine Flasche in der Hand.

Vom Kriegslärm um ihn herum war er unbeeindruckt. Der Hof war jetzt übersät mit Abfall und Unrat aller Art. Was die Abziehenden nicht hatten mitnehmen können, lag hier verstreut. Der verlorene Holzstoß von zuvor hatte Gesellschaft bekommen, und das Fahrrad war noch da!

Fritz zerrte es hervor, zog den Kopf ein, weil ein Jaulen und Pfeifen sehr nah kam, und duckte sich beim Einschlag der Granate.

Es gab einen ungeheuren, den ganzen Horizont erfüllenden Krach. Als zerschlüge eine Batterie von Kanonen ein ganzes Stadtviertel.

Sofort danach war wieder nichts weiter zu hören als das Pfeifen des Windes im Mast und das anwachsende Rauschen der von hinten anrollenden, in der Schwärze der Nacht unsichtbaren Wellen.

Fritz saß ganz allein am Steuerstand. Die andern hatten sich unter Deck verkrochen, als das Gewitter aufkam. Der macht das schon, dachte sich Joachim, sein Mitsegler, der vollauf damit beschäftigt war, die Frauen zu beruhigen.

Sie waren auf dem Weg nach Bornholm.

Zwei Jahre vor Kriegsausbruch ging die Traute auf ihre alljährliche Sommerreise.

Elise, Fritz' Mutter, die nach dem frühen Tod des Mannes das Geschäft alleine führte, war in Berlin geblieben. Sie fühlte sich nicht gut. Sie starb im März darauf an Lungenkrebs. Es war die erste Seereise ohne sie. Bisher war Fritz nur mitgefahren, Elise führte das Schiff.

Sie hatte alle Patente. Sie hatte keine Angst, und sie war in ihrem Club die einzige Frau, die zur See fuhr, und dafür hoch geachtet.

Ein Schiff dieser Größe mit nur zwei, drei Leuten zu segeln war eine Meisterleistung, die sie bestand, weil sie schon früh mit diesem Sport, der ja ein Handwerk war, begonnen hatte. Das kaiserliche Vorbild hatte die Familie aufs Wasser gezogen.

Jetzt ersetzte sie ihren Mann auch im Restaurant. Im Sommer kamen viele Touristen. Sie hatten gehört, dass sich hier in der Krausenstaße einige Prominenz die Klinke in die Hand gab und man trotzdem ohne Ansehen der Person ein ungeheuer süffiges Bier trinken konnte, das der Großvater von Fritz einst aus Böhmen eingeführt hatte. Die Fenster standen weit offen, die sommerliche Lebenslust bekümmerte sich nicht ums Morden und Totschlagen rings im Land, und wenn es dunkel wurde, hockte man mit Gläsern und Zigarren auf dem Gehweg und amüsierte sich um die Wette.

Auch Schultz war hier mal vorbeigekommen. Sein Verzehr beschränkte sich auf ein kleines Bier und ein Korn. Zu bürgerlich war ihm diese Unbekümmertheit erschienen, aber nachdem das Lokal nun mal in aller Munde war und mitten auf seinem Weg lag, kehrte er ein und versuchte, einen der legendären Kellner zu Gesicht zu bekommen. Er ahnte nicht, dass er Fritz, den Wirt, im Jahr darauf beim Segelfliegerlehrgang wiedersehen sollte.

Der ging von Tisch zu Tisch, verbeugte sich knapp und fragte, ob alles zum Besten sei. Es war seine erste Saison als Chef, und die Gäste bemitleideten ihn ob des frühen Todes seiner Eltern. In den Ferien dann führte die Sybilski das Geschäft, und Fritz ging auf See, wie er es von den Eltern gewohnt war.

Die Traute wurde überführt. Es war eine lustige und beschauliche Flussfahrt, erst über den Oder-Havel-Kanal, dann über die Oder. Nach Stettin und von da aus zu viert in die Ferien. Mit Joachim, dem Freund aus Kindertagen, der ein ebenso begeisterter Segler war, aus einer Spandauer Familie von Apothekern, und Marianne, die Fritz in seiner Lehrzeit in Köln kennengelernt und der er sich anverlobt hatte.

Marianne brachte ihre beste Freundin Jutta mit, von der man hoffte, sie könnte Joachim gefallen.

Natürlich schliefen die Frauen an Bord in der Damenkabine, Fritz an Steuerbord und Joachim vorne.

Sie waren erst südlich vom Ruden in den Bodden und dann durch den Strelasund nach Stralsund gelaufen. Bei schönstem Wetter dann hoch nach Dänemark.

In Stubbeköbing lagen sie faule drei Tage, dann sollte es über Nacht rübergehen nach Bornholm.

Als sie um Mitternacht ausliefen, war das Wetter vollkommen ruhig. Es war ganz besonders still. Sie hatten das Großsegel oben und die beiden Vorsegel.

Fritz legte sich »erst mal 'ne halbe Stunde hin«, wie er zu sagen pflegte. Er hatte zum Abendessen drei Bier und zwei Schnäpse getrunken, und es konnte nicht schaden, ein bisschen vorzuschlafen.

Daran war aber leider nicht zu denken. Irgendetwas beunruhigte ihn.

Natürlich, es hatte beim Auslaufen immer wieder mal Wetterleuchten gegeben am Horizont, aber das war nun wirklich kein Grund zur Sorge.

Er lag rechts im Schiff in seiner Koje und schaute aus dem Bullauge. Schlaftrunken, wie er war, verstand er nicht, was er da erblickte: eine einzige grüne Fläche, die hell erstrahlte. Da begriff Fritz, dass er den Widerschein der Positionslaterne sah. So stark, weil die Schwärze ringsum komplett war.

Wenn die Sterne nicht wie sonst einen matten Schein über der dunklen See vergossen, dann musste es sich also vollständig bezogen haben und der Himmel bedeckt sein. Schwärzer jetzt als die Nacht. Es begann zu regnen. Er schnellte aus seiner Koje hoch. Das war kein gutes Zeichen.

Kommt der Regen vor dem Wind, nimm die Segel weg geschwind, ging es ihm durch den Kopf.

Diese Regel galt immer.

Er zog die Hosen an, einen Pullover, quälte sich in sein Ölzeug, das ungeheuer steif und unbequem war, und kletterte an Deck.

»Das Wetterleuchten ist schon die ganze Zeit stärker geworden«, sagte Joachim, der mit Marianne gemeinsam auf der Ruderbank saß.

»Weg mit den Vorsegeln und ein Reff ins Groß«, sagte Fritz und machte sich gleich an die Arbeit. Es war nicht viel Zeit zu verlieren, denn eine erste Böe knallte schon mit nicht geringer Kraft von hinten auf das Boot.

Es goss. Es regnete jetzt so stark, dass die Leinen ganz klamm und unhandlich wurden.

Marianne hielt das Steuer für ein paar Minuten ganz gut, während die beiden Männer im immer stärker werdenden Wind die Vorsegel wegnahmen und das Großsegel einbanden.

»Geht ihr man unter Deck, wir brauchen ja nicht alle nass zu werden«, schickte Fritz Joachim und Marianne weg. Das war klug, denn nun begann ein Gewitter, wie er es noch nie erlebt hatte.

Jutta, die zweite Mitseglerin, zitterte am ganzen Leib, sie begann zu schreien. Sie spürte die Gefahr körperlich. Es war ihr erstes Mal auf einem Schiff, und was begann, war ein Inferno. Joachim hatte große Mühe, sie zu beruhigen. Er gab vor, das Ganze sei völlig normal und Fritz habe alles im Griff.

Dem war nur scheinbar so.

Denn dieser konnte gar nichts tun, als so gut wie möglich mit dem Schiff vor dem Wind abzulaufen. Sehen konnte er freilich nichts. Buchstäblich nicht mal die Hand vor Augen.

Die Nacht war schwärzer, als er es je erlebt hatte, und der Regen schüttete mit Gewalt vom Himmel. Um nicht zur Seite umgeschmissen zu werden, musste Fritz die Wellen genau im rechten Winkel nehmen.

Er blickte sich um. Er sah für Sekunden etwas Weißes. Das war die Schaumkrone. Im Handumdrehen hatte sich eine gewaltige See aufgebaut, die man jedoch nur hören und fühlen konnte. Wenn die Wellen anrollten, das Schiff schlagartig anhoben, wie in einem Aufzug, um es dann in Schussfahrt den Berg runterzustürzen, erzitterte das Ruder derart, dass Fritz fürchtete, es könne brechen.

Unten angekommen, war es kurz ganz still, und nun bestand die Kunst darin, den Anrollwinkel des nächsten Brechers vorauszuahnen, vorauszuspüren, bevor es, wieder mit dem Aufzug, nach oben ging.

Das hatte er bei den vielen Fahrten mit den Eltern und später allein mit der Mutter gelernt.

Aber hier gab es etwas Neues.

Ein Gefühl von Untergang.

Allein, in einer Nussschale, in tiefschwarzer Nacht, erhellte plötzlich ein ungeheures Licht die riesige Weite. Der Blitz war so stark, dass er Minuten anzudauern schien, wo er nur Bruchteile einer Sekunde leuchtete.

Plötzlich sah man, wo man war!

Im Weltraum.

Die Erde war verschlungen, die Wüstenei unendlich.

Nicht Wasser nur umgab ihn. Das Universum selbst hatte sich über alles gestülpt.

Dann kam der Donner.

Er hatte eine klare Botschaft. Er kam direkt von Gott.

Und er löschte jede Hoffnung aus.

Seine Gewalt war hier auf See, ungedämpft durch Land und Menschen, das Ende der Welt.

Wie sollte das überstanden werden? Wer hätte hier die Kraft, zu widerstehen?

Warum sollte man hoffen?

Es gab nur Sturm, es gab nur Nacht. Es gab die Furcht, die den Hals so zuschnürte, dass nur das pure Steuern, das sture Horchen auf die See, das stiere Starren in die Nacht ihn noch am Leben hielt.

Unter Deck hielt Marianne Jutta umklammert. Joachim wurde beim Versuch, ein Brot zu schmieren, gegen den Tisch geschleudert und verstauchte sich die Hand.

Fritz bekümmerten die andern nicht, sie waren nicht existent.

Es gab außer ihm keine Seele mehr auf der Welt, alles war ausgelöscht von dieser Wut des Himmels, und was ihm blieb, war nur das Ruder.

Ein Blitz nach dem anderen schlug durch die Schwärze, die krachenden Donner folgten in immer kürzeren Abständen, bis zum Höhepunkt eines rasenden Zorns, der sich mit Blitz, Donner, Regen, Sturm und Kälte zugleich entlud.

Das Ruder zitterte mit enormer Gewalt. Ein kosmischer Urzustand vom Anfang und Ende der Welt.

Das dauerte wohl dreißig Minuten, ihm war es wie für Stunden.

Er blickte sich um. Etwas war anders.

Der Regen hatte nachgelassen. Dann ganz aufgehört. Doch nun glaubte er seinen Augen nicht zu trauen.

Hinten, am äußersten Ende des Horizontes, gab es einen Sternenstreifen!

Da war die Rettung!

Sein sich überschlagendes Herz änderte sofort die Richtung. Die Erlösung!

Könnte es jetzt doch noch gelingen, diese Verdammnis zu überwinden?

Ein weiterer Blick zurück brachte die Bestätigung.

Das Wetter zog über sie hinweg und nur ein starker, aber nun eiskalter Wind war noch geblieben.

Fritz begann zu zittern.

Das Ganze war schwer zu verkraften. Eine solche Anspannung hatte er noch nie erlebt. Er würde sie auch bis zu seinem Tod nicht mehr erleben. Ein Einschlag von Granaten war dagegen nichts.

Dieses Nachterlebnis hatte sich wie eine Narbe in sein Herz gefressen und ihm eine Richtschnur aus Angst eingepflanzt, mit deren Hilfe er sein weiteres Leben überstand.

Und sie, die Traute, hatte in dieser Nacht ihrem Namen alle Ehre gemacht.

Mut hatte sie bewiesen und ihre Menschlein fortgetragen aus diesem Schlund der Hölle.

Die Traute würde alles überstehen. Auch darum musste er zurück. Zurück auf dieses Schiff, das Leben rettende.

Das alles war freilich nur ein unbewusstes Ahnen in seinem Kopf.

Empfindsam genug, diese Gedanken zu fühlen, war er doch zu hemdsärmelig, sie zuzulassen.

Durch den Tiergarten, über Kaiserdamm und Halensee, war er bis zum Funkturm gekommen.

Mit halsbrecherischem Tempo und im Zickzack um alle Hindernisse herum rasten einzelne Motorfahrzeuge vom Knie in Richtung Westen. Die Strecke, auf der Fritz mit seinem Fahrrad entlangkroch, ständig auf der Hut vor Beschuss, war übersät mit zerschossenem, verbeultem oder verbranntem militärischem Gerät. Auch getroffene Panzer waren darunter. In der Mehrzahl jedoch Geschütze, mit oder ohne Lafette, Kübelwagen und Ähnliches.

Russische Tiefflieger, die inzwischen so gut wie freie Bahn hatten, jagten heran, und Fritz warf sich mitsamt Fahrrad auf den Boden. Hinter sich fühlte er die Erde aufspritzen, die von den Salven aus der Bordkanone hochgerissen wurde. Vor sich sah er die Ruine des zerbombten Schillertheaters. Er hastete auf ein stehengebliebenes Portal zu. Es mochte ein Nebeneingang, vielleicht der Bühneneingang gewesen sein. Nun folgten einzelne Detonationen, als er die Ruine betrat, sich unter einem Gewölbebogen an die Wand presste und das Fahrrad an sich drückte. Keine vier Meter vor ihm stürzten die Reste eines erhalten gebliebenen Deckenteils zu Boden, und Fritz drehte blitzschnell den Kopf zur Seite, um nicht von einem querschlagenden Mauerteil getroffen zu werden.

Die Flieger drehten ab. Fritz klopfte sich den Staub von den Kleidern und überprüfte sein Fahrrad. Wundersamerweise schien es auch diesmal heil geblieben zu sein.

»Ja, staunste selber, was?«, murmelte er seinem Drahtesel zu und gab ihm einen anerkennenden Klaps auf den Sattel. Wohin jetzt?, dachte Fritz und suchte einen Weg nach draußen. Hinter dem nächsten intakten Pfeiler erblickte er, was einmal der riesige Zuschauerraum gewesen war.

Er sah nach oben. Die Decke war eingestürzt,

und was vom Parkett übrig war, war unter Schutt und Ziegeln begraben. Auf die Trümmer schien durch das geborstene Dach die Sonne und ließ im flirrenden Licht Tausende von Staubteilchen über die Sitzreihen tanzen.

In einer hinteren Reihe standen vier, fünf vollkommen intakte Sessel. Sie wirkten beinahe sauber, geradezu einladend.

Vorsichtig lehnte er sein Rad an ein verbogenes Geländer.

Nur einmal noch, dachte er und setzte sich.

Vor ihm lag eine riesige Ruinenlandschaft mit Gipfeln und Tälern, mit Zacken, Graten und Schluchten.

Wie in den Alpen, dachte er und erinnerte sich an die letzte Aufführung, die er mit Marianne hier gesehen hatte. »Alpenkönig und Menschenfeind« von Raimund. Und wie zur Bekräftigung formten sich aus den Sonnenstrahlen Feen und Geister, Gemsen und Jäger, die in winziger Gestalt aus den Trümmern erschienen. Und hinten, ganz in der Ferne, sah er, zwischen zwei Bergen, das, was einmal die Bühne gewesen war. Er kniff die Augen zusammen, und nun sah er auch hier, in noch viel kleinerer Gestalt, die Traumgestalten herumspringen und tanzen, und wenn er die Augen ganz schloss, dann konnte er sie hören.

Konnte hören, wie sie fiepten und piepten und lachten und weinten. Sie winkten ihm zu. Sie hatten das Chaos schon überlebt. Würden es immer überleben, dachte er und fühlte eine große Zärtlichkeit in sich und einen großen Hunger.

Draußen lag aber noch eine weite Strecke vor ihm, und so riss er sich los, schulterte sein Rad, ging durch den Bühneneingang zurück in die Welt und trat in die Pedale.

Am Sophie-Charlotte-Platz standen merkwürdigerweise ein Tisch und ein Sofa. Ein Mann und eine Frau saßen darauf. Ihre Köpfe waren nach vorne gefallen. Sie waren tot. Beim Vorbeifahren sah Fritz, dass sie einander an den Händen hielten.

Der Tisch war blank gescheuert, das Sofa grün bezogen. Sie saßen in der Sonne wie zum Abendbrot.

Der Funkturm stand. Er war zwar angeschlagen, aber er stand. Auf drei Beinen. Auch er bewies die erstaunliche Tatsache, dass Türme die Bomben besser überstanden.

Die Gegend ringsum glich einem Heerlager.

Hier an der Ausfallstraße nach Südwesten, zwischen dem Haus des Rundfunks, der Nordkurve der Avus und dem Messegelände, staute sich alles, was sich absetzen oder zur Verstärkung kämpfender Einheiten nach Wannsee oder Spandau wollte.

In dem Chaos konnte Fritz unbemerkt hinter dem Messegelände über die S-Bahn kommen, sich durch die Eichkampsiedlung schlagen und über Königs- und Kronprinzessinnenweg in den Grunewald gelangen.

Das alles, ohne ein einziges Mal kontrolliert zu werden.

Glück muss der Mensch haben, dachte er und fühlte sich dazu auch völlig berechtigt.

Der Großteil der Truppenverbände bewegte sich nach Westen auf der Heerstraße in Richtung Spandau. Es waren wild zusammengewürfelte Einheiten, Junge und Alte. Männer, denen man ihre Fronterfahrung ansah, wurden von Volkssturm, Hitlerjungen und Hunderten flüchtender Zivilisten flankiert.

Dazwischen SS und Feldjäger, die eine Verstopfung der Straße zu verhindern suchten.

Hier im Grunewald aber schien alles friedlich.

Er hörte sogar Vögel zwitschern, während der

entfernte Einschlag von Granaten und das immer wiederkehrende Aufheulen von Stalinorgeln das nahe Ende des Krieges anzukündigen schienen.

Der Boden unter den Fahrradreifen war fest genug, um einigermaßen zügig voranzukommen. Das hier war der Sandkastensand, der einen in Berlin ein Leben lang begleitete.

Kurz zuvor musste es geregnet haben, die Luft war gewürzt. Sie duftete nach Erde, Laub und Bäumen.

Etwa drei Kilometer weiter hätte er rechts quer durch den Wald abkürzen können, um zur Klaren Lanke zu kommen, aber mit dem Fahrrad war das unmöglich, und wer wusste, ob sich nicht Truppenteile dort eingegraben hatten und ihm eine unliebsame Überraschung bereiteten. Nein, nein, es war sehr vernünftig, solange der Weg hier überschaubar blieb, quasi offiziell zu radeln, darauf zu hoffen, dass man bis zum Wannseebadweg durchkam, oder bei einer Sperre lieber auf die dürftigen Papiere und verlässliche Geistesgegenwart zu vertrauen, als sich wie ein Dieb durch den Wald zu schleichen.

Nach allem, was er auf seinem Weg hierher aufgeschnappt hatte, waren die russischen Verbände bisher weder in Spandau noch in Wannsee.

In die verbleibende Lücke musste er vordringen, um zum Schiff zu kommen, freilich ohne dabei Deutschen zu begegnen. Ein beinahe artistisches Unternehmen, bei dem er glaubte, sich auf seinen Hang zum schnellen Improvisieren verlassen zu können.

Er bog rechts ab. Jetzt lag das Strandbad vor ihm. Hier würde er das Rad lassen, am Ufer entlang nach Schwanenwerder laufen und im Schutz der einsetzenden Dämmerung versuchen überzusetzen und auf die Traute zu gelangen. Notfalls, indem er das kleine Stück durchs eiskalte Wasser schwamm.

Weit und breit war keine Menschenseele zu sehen. Es war jetzt sieben Uhr.

Fritz hielt vor dem Eingangsgebäude.

Es lag lang gestreckt wie ein Querriegel auf der Anhöhe über dem Wasser, in seiner Mitte zwei Durchlässe mit Kassen. Er stieg von seinem Fahrrad ab und horchte. Irgendetwas rauschte.

Auch klangen Motorengeräusche vom See her an sein Ohr. Bald würde es dunkel sein, dann wäre die Sache geritzt.

Er drückte das wertvolle Rad neben dem Haus unter einen Busch und arrangierte darüber, so gut es ging, die Zweige mit dem frischen Grün.

Vielleicht würde er es wiederfinden, wenn niemand es klaute, und damit in ein paar Tagen in die Stadt zurückfahren können. Lange konnte der Schlamassel ja nicht mehr dauern.

Jetzt betrat er das Gelände durch eine der Sperren, ging über eine Wiese die paar Schritte runter in Richtung Strand und blieb wie angewurzelt stehen.

Der ganze Streifen Sand, auf dem sonst Strandkörbe einen Badeort nachspielten und Sonnenstühle ausgebreitet wurden, war übersät mit Soldaten. War voll mit Männern, die Waffen geschultert hatten, leichte und schwere Maschinengewehre schleppten und die nach einer offensichtlich soeben beendeten Marschpause von hier aus eingeschifft wurden. Es waren wohl beinah dreihundert Mann. Am Strand lagen an die zwanzig Sturmboote, zum größten Teil bereits beladen.

Wo wollten die hin? Was für eine Invasion wurde hier vorbereitet?

Der kleine Wannsee als Aufmarschgebiet für eine ganze Flotte. Draußen kreisten weitere Boote in Warteposition. Sollten die man bloß so schnell wie möglich allesamt, wohin auch immer, verschwinden, dachte Fritz, Richtung Potsdam, sonst wohin, dann könnte er sich verkriechen.

Er schlüpfte in ein Toilettenhäuschen und spähte durch ein Astloch in der Tür nach draußen.

Immer mehr Boote verließen mit aufheulenden Motoren den Strand, immer mehr Soldaten, von Wehrmacht und SS, verschwanden.

Plötzlich ein Knall, ein Ruck, der kleine Verschluss flog aus der Verankerung, die Tür wurde aufgerissen, und Fritz sprang zurück.

Zwei Feldjäger, zwei Gendarmen, sofort erkennbar an ihren lächerlich altmodischen und zugleich martialisch wirkenden Kettenschildern, standen vor Fritz und sagten, wie es ihm schien, gleichzeitig:

»Raus! Du wirst erschossen.«

»Wat denn, wat denn, wieso denn?«, stammelte Fritz und fasste mit beiden Händen geistesgegenwärtig seinen Hosenbund, als habe er die Hose nach dem Toilettengang eben erst hochgezogen.

»Ick musste doch bloß mal uff't Klo.« Er berlinerte, wie es sonst gar nicht seine Art war, um sich den Anstrich der Naivität zu geben. Aber zu helfen schien das nicht.

»Quatsch keine Opern, du wolltest dich drücken. Du wirst jetzt erschossen.«

Sie zerrten ihn an seiner Uniformjacke aus dem Kabuff und schubsten ihn vor sich her und gegen die Wand.

Nun musste etwas geschehen, wenn jetzt nicht sofort etwas geschah, war er tot. Mit Unterwürfigkeit, mit Gnadewinselei, mit Kacknaivität war hier nichts mehr zu gewinnen.

Fritz stellte sich um.

Er hatte lange genug sowohl in der bürgerlichen Welt als auch im Kasino der Offiziere gelernt, wie ein Mann, ein Chef, ein Herr sich im Ton erweist.

»Ich glaube, Sie sollten mir jetzt mal ganz genau zuhören, meine Herren«, sagte er in ruhigem, aber scharfem Ton. »Ich habe hier einen Marschbefehl direkt von der Wilhelmstraße aus dem Luftfahrtministerium vom Büro des Generalluftzeugmeisters mit einem Auftrag zur Reichsluftschutzschule Heckeshorn. Sie wissen sicherlich, dass dort seit Kurzem auch der Führungsstab liegt.«

Fritz' genaue Kenntnis der Lage ließ die beiden sichtlich stutzen.

»Über die Wannseebrücke ist kein Durchkommen«, setzte er gleich nach, »also war ich auf der

Suche nach einer Übersetzmöglichkeit. Dass hier gerade auf Boote eingeschifft wird, war mir nicht klar, erleichtert aber natürlich meinen Auftrag. Bitte mich also in der Ausführung meines Befehls zu unterstützen.«

»Herzeigen«, sagte der eine knapp und streckte seine Hand aus.

Fritz zitterte kein bisschen. Er griff mit der Rechten in seine linke Brusttasche und tat dies extra eine winzige Spur langsamer, als ihm zumute war.

Er übergab sein Soldbuch. Vollkommen ruhig.

»Was soll denn das sein?« Der Kettenhund schüttelte seinen Kopf, als er die Stempel in dem Soldbuch entdeckte.

Dann zog er den Umschlag heraus und öffnete ihn.

Glücklicherweise stimmte zumindest das Datum, das Fritz hineingestempelt hatte.

23. April 1945.

Das war aber auch alles. »Auftrag«, gar »Sondersendung« entbehrte jeden militärischen Sinns.

Immerhin galt der Stempel »Büro des GL«.

Die Gendarmen waren unschlüssig.

»Alles aufsitzen, zum letzten Mal!«, schrie es vom Ufer unten hoch.

»Wir müssen los, Sie hören es! Sie wollen mich ja wohl hoffentlich nicht hierlassen.«

Fritz zeigte jetzt die Entschlossenheit des Musterschülers, der ein Held sein könnte. Sein Plan war damit fürs Erste vereitelt, aber sein Leben vielleicht gerettet.

»Was ist mit euch? Wollt ihr hierbleiben?« Ein ziemlich hoch dekorierter SS-Offizier winkte mit seiner MP und ließ offen, ob daraus nicht unmittelbar Schüsse fallen könnten.

»Los, vorwärts«, wurde Fritz beschieden, und er stapfte vor den beiden Feldgendarmen runter zum Strand, wo der SS-Mann sie in Empfang nahm.

»Was für eine Vogelscheuche ist das denn?«, wurde er angefahren.

»Melde gehorsamst, Herr Sturmbannführer, habe Befehl vom RLM nach Heckeshorn.« Fritz bemühte sich strammzustehen und deutete sogar ein Hackenzusammenschlagen an. »Ich bin seit heute Morgen von Johannisthal durch die ganze Stadt unterwegs. Erst in die Wilhelmstraße, jetzt hierher und nun noch das letzte Stück. Bitte, mich mitzunehmen.«

Bevor noch die Bullen Einspruch erheben konnten, trieb der SSler Fritz zu einem der Boote, rief:

»Mitnehmen, ausrüsten« und wandte sich an die Feldpolizei: »Mir scheißegal, wo der hinwill. Wir können jeden gebrauchen. Aufsitzen, meine Herren.«

Die Männer im Boot sahen müde aus, waren völlig unterschiedlichen Alters und nahmen Fritz stumm in ihre Mitte.

Es blieb ihm keine Zeit zu begreifen, dass er vorläufig am Leben geblieben war. Sein Verstand arbeitete unglaublich langsam, er war um Haaresbreite seinem Tod entronnen.

In anderer Lage wäre er vielleicht zusammengesackt, aber die Anspannung war ja nur scheinbar vorbei.

Noch vor einer Stunde lief eine Uhr in ihm ab, die ihn nach vorn, vielleicht ins Licht hätte führen sollen. Das war vorbei. Ein großes Nichts breitete sich aus. Der Stillstand als Mischung von Sinnlosigkeit, Ratlosigkeit und Aussichtslosigkeit.

Sollte hier und jetzt auch für ihn der Krieg noch beginnen? Sollte so kurz vor dem Schluss alle Vermeidungsstrategie an ihr Ende gekommen sein?

Immerhin, er war auf einem Boot. Er war auf dem Wannsee.

Aber was bedeutete das? Welcher Kreis wollte sich hier schließen?

Ihn überfiel furchtbarer Hunger. Außer einer Stulle hatte er seit dem Morgen nichts gegessen. Nicht mal vom Kuchen hatte er was abbekommen.

»Kameraden, hat irgendeiner von euch was zu futtern?«, fragte er in die Runde, als sei er mit ihnen vertraut. Seine Stimme klang ihm dabei vollkommen fremd.

Es dachte niemand daran, auch nur zu antworten.

Großes Glück war, dass die beiden Feldgendarmen nicht mit im selben Boot saßen. Vorläufig war er ihnen entzogen, nur seine Geschichte musste er natürlich weiterspielen.

»Wo geht's denn eigentlich hin?«, fragte er schon sicherer und ergänzte: »Ich muss nach Heckeshorn.«

»Ja, und ick nach Timbuktu!«, sagte einer, und ein leises Blubbern war zu hören, das unter anderen Umständen vielleicht ein Glucksen oder sonst sogar ein Kichern geworden wäre.

»Können Sie mich da absetzen?«, wandte sich Fritz an den Schiffsführer, der hinten an einem Außenbordmotor mit ellenlangem Schaft saß.

»Schnauze!«, sagte der, und Fritz gab sofort auf. Er musste sich fügen, er musste mit.

Sie bogen an der Ecke Tiefehorn mit hoher Geschwindigkeit nach links ab und näherten sich schnell der Pfaueninsel. Der kleine Kanal war auf der Inselseite von Lastkähnen gesäumt, die dort aus unerfindlichen Gründen festgemacht waren.

Wie verdammt lange es jetzt schon hell bleibt abends, dachte Fritz.

Ihn beschäftigte jetzt vor allem der Gedanke, welchen Vorteil er hier aus seiner Ortskenntnis ziehen könnte.

Natürlich musste er weg. Zurück zum Strandbad oder nach Schwanenwerder. Aber das war im Moment völlig undenkbar. Er stand unter schärfster Beobachtung. So kam es ihm jedenfalls vor.

Das Sturmboot wurde langsamer, glitt aus und machte am Fähranleger fest. Die Soldaten stiegen aus und sammelten sich bei den anderen, die schon vor ihnen angekommen waren.

Das Boot mit seinem Führer legte wieder ab, um Platz zu machen, fuhr mit seinem geringen Tiefgang über das Flach vor der Insel auf die andere Seite und verschwand. Wohin wohl?

Fritz sah sich unauffällig um. Er brauchte ein Boot. Wenn nicht jetzt, dann doch sicher später. Hier war weit und breit keins zu sehen. Alle, die ankamen, legten wieder ab.

»Antreten«, wurde befohlen. Er reihte sich ein, möglichst weit vorn, möglichst weit weg von den Nachkommenden, unter denen die Gendarmen sein mussten. Es wurde zum Schloss marschiert. Verflucht noch mal, ich will was zu fressen, dachte er und sah doch seine Hoffnung darauf schwinden.

Nach ein paar Minuten waren sie da und sammelten sich nun auf einem Platz, auf dem – tatsächlich – eine Feldküche stand.

Hoffentlich zertrampeln die hier nicht alles, schoss es Fritz absurderweise durch den Kopf. Schon als Kind war ihm eingeschärft worden, auf diesem Kleinod von Insel nur ja keinen Zweig zu knicken.

Zu essen aber schien es genug zu geben. Gott sei Dank.

Sie staunten alle zusammen nicht schlecht, als es außer der inzwischen obligatorischen Kartoffelsuppe erst Würstchen und später sogar noch Schweinebauch und Gulaschstückchen gab.

Das hob natürlich die Stimmung erheblich. Sofort wurde spekuliert. Der Feind konnte nicht mehr weit weg sein. Irgendwo auf der anderen Seite der Havel.

Irgendwelche Aktivitäten, denen man sofort hätte entgegentreten müssen, waren freilich nicht zu erkennen, außer natürlich dem steten Auf- und Abbrausen irgendwelcher mal näher, mal ferner einschlagenden Geschosse. Doch auf der Insel blieb es ruhig.

»Was hast'n du da eigentlich für 'ne wilde Verkleidung?«, wurde Fritz von einem kahlköpfigen Obergefreiten angesprochen, der sich genüsslich mit einem kleinen Stückchen Holz in den Zähnen pulte und halb liegend gegen eine Eiche gelehnt war.

»Bin vom Flughafen Johannisthal.«

»Das ist doch Arbeitsdienst«, sagte der Kahlkopf und zeigte auf Fritz' Jacke.

»Was andres hatten die nicht mehr. Bin ja nicht Luftwaffe.«

»Wat haste denn dann da jemacht?«

»Wat ick am besten kann: uff Durchzuch jeschaltet.«

Damit sollte dem Fragen ein Ende gemacht werden, aber so leicht gab sich der Kahlkopf nicht zufrieden. Er war gesättigt, hatte Aussicht auf eine ruhige Stunde und wünschte sich eine kleine Abwechslung vom Trott seiner Gedankenleere. Er wurde bösartig.

»Wieso warste denn nicht bei der Truppe? Hast da jedrückt, wa? Biste ooch so eener, der sich sein Hintertürchen uffhält und andre die Drecksarbeet machen lässt.«

»Sach mal, wat willst'n du von mir?« Fritz wurde kurz laut. »Suchste Streit? Is dir langweilig, oder wat?«

»Wo iss'n deine Knarre überhaupt? Und allet andre?« Der Stänkerer war jetzt wach. »Herr Gruppenführer!«, brüllte er. Fritz sah, wie der andre einem Hauptfeldwebel zuwinkte. »Hier is eener, der is jar keener«. Sprach's und fand sich irre lustig.

»Der Kamerad hier bittet um Ausrüstung. Er will jetzt doch mal wat erleben in sei'm Urlaub.«

Der Feldwebel kam näher.

»Was soll der Quatsch? Was ist hier los? Ruhe!«

Nun ergriff Fritz die Initiative.

»Mein Kamerad hier hat ganz recht. Ich hab immer noch nicht die Ausrüstung, die mir im Strandbad zugesagt worden ist. War ja eigentlich als Kurier unterwegs und bin hier kurzfristig eingeteilt worden.«

»Der lügt. Wetten?«, sagte der Kahlkopf. »Hat sein Zeuch wahrscheinlich wegjeschmissen.«

»Mitkommen«, sagte der Feldwebel, drehte sich um, ging Richtung Schloss, und Fritz zögerte keine Sekunde, ihm zu folgen.

»Dir merk ick mir«, hörte er's hinter sich zischen und sah zu, dass er dem Feldwebel so rasch wie möglich hinterherkam.

Sie betraten das Attrappenschloss, und wie eine Art Pförtner saßen gleich beim Eingang an einem Schreibtisch ein Zahlmeister und ein anderer Wehrmachtsbeamter.

»Zeigen Sie dem Herrn Hauptmann Ihre Papiere und lassen Sie sich ausrüsten.«

Sprach's, machte kehrt und verschwand ohne ein weiteres Wort. Inzwischen war es dunkel geworden.

»Melde gehorsamst: War als Kurier unterwegs nach Heckeshorn. Wurde auf dem Weg, im Strandbad, rekrutiert. Bewaffnung bloß P 38.« Fritz zog seine Pistole aus dem Halfter, die er seit dem

Schlag gegen den Gestreiften am Morgen nicht mehr in der Hand gehabt hatte.

»Soldbuch!«

Der Hauptmann schaute sich erst stirnrunzelnd, dann kopfschüttelnd die abenteuerlichen Eintragungen und Stempel an, schien schließlich zu resignieren und sagte nur:

»Die Pistole haben Sie gar nicht zu tragen. Sie gehn jetzt mit dem Inspektor in den Keller und lassen sich Sturmgewehr, Helm, Spaten und so weiter geben. Anschließend melden Sie sich wieder bei mir. Abtreten!«

Der Inspektor, der den militärischen Rang eines Obergefreiten hatte, nahm die Walther an sich und hieß Fritz, ihm zu folgen.

Es ging die Treppe runter in den Keller. Nach etwa zwanzig Stufen hatten sich die Augen an das Dämmerlicht gewöhnt, und als sie um die Ecke und in ein großes Gewölbe traten, wusste Fritz, warum seine Abendsuppe so opulent ausgefallen war. Zur Rechten befand sich ein etwa fünf Meter hohes Gestell mit Konserven bis unter die Decke. Davor stapelte sich in Leinensäcke verpacktes Pökelfleisch. Zur Linken kein Gestell, sondern ein Berg von Fässern. Fritz wusste natürlich Bescheid.

Das war Butter. Daneben Kisten voll Käse, Aufschrift »Brie de France«. Sie gingen weiter, die Waffenkammer lag wohl tiefer.

Nach dem Käse kamen Flaschen. Fritz erkannte sofort den Mosel, den Bocksbeutel, den, tatsächlich, er konnte es kaum glauben, französischen Champagner.

Gegenüber, quasi am anderen Ufer, lagerten Cognac, Schnaps und Whisky. Eine weitere Station auf ihrem Weg ins Innerste des Kellers bildeten Kaffee in Zehn-Kilo-Gaststättenpackungen, Schokolade, bittere und helle, mit Alkohol gefüllte Pralinen, Kisten voll Zigaretten und halb mannshohe Säcke mit Mehl und Zucker.

Sie kamen zu einem Durchgang, hinter dem eine Art Ausgabe eingerichtet war. Der Inspektor hieß den Mann am Tresen, Fritz die notwendige Ausrüstung zu geben und ihn zuletzt aus einem unverschlossenen Waffenschrank mit einem Sturmgewehr auszustatten.

Das alles war schwer. Fritz fluchte innerlich. Jetzt war er einer der Packesel, über die er sich immer lustig gemacht hatte.

Es ging mit dem Zeug zurück zur Treppe, vorbei an allen Köstlichkeiten dieser Welt. Wer sollte das alles noch auffressen? Für wen war das alles bestimmt? Wahrscheinlich würden die Sachen bald auf Kähne verladen und irgendwelchen Bonzen hinterhergeschickt.

Die Kähne draußen an der Insel! Natürlich, dachte Fritz. Deshalb liegen die da. Könnte man nicht wenigstens einen Schnaps unbemerkt einsacken?

Er beobachtete den Beamten, der vor ihm ging. Würde er einen blitzschnellen Griff zu einer der Flaschen bemerken?

Schon geschehen!

Er konnte es sich einfach nicht versagen. Zu dämlich wäre er sich vorgekommen, hier nichts mitgehen zu lassen. Die Flasche, die er aus einer Kiste gezogen hatte, verschwand im Gehen sofort unter der Jacke und im Gürtel. Das war allerdings ein sehr provisorisch zu nennendes Versteck. Es dauerte keine zehn Sekunden, da fing der Schnaps an zu rutschen und bewegte sich in Richtung Hosenbein.

»Moment«, sagte Fritz, tat, als ginge er vor Schwäche in die Knie, und täuschte eine Überladung vor.

»Am besten, du ziehst alles vorschriftsmäßig an, dann rutscht auch nichts weg«, riet ihm der Inspektor. »Nimm den Tornister auf den Rücken, wie sich das gehört, und setz den Helm auf. Dann haste die Hände frei.«

Im Halbdunkel des Kellers konnte Fritz das Umschnallen, Aufsetzen, Schultern und Hochhieven der Sachen so verbrämen, dass die Flasche völlig geräuschlos im Tornister verschwand.

»Na bitte«, sagte der Beamte.

»Na denn Prost!«, sagte Fritz.

Als er es mit seinem Zeug die Treppe hoch geschafft hatte, blickte er sich um. Der Inspektor war unten geblieben, vielleicht ließ sich irgendwo noch ein kleines Nickerchen halten. Nur zehn Minuten, dachte er, als etwas Merkwürdiges geschah. Ein ziemlich alter und erstaunlich kleiner Soldat zog Fritz am Ärmel und zeigte auf eine nahe Lichtung.

Was war das für ein seltsamer Kauz? So jemanden hatte er noch nie gesehen. Das wird wohl wirklich das letzte Aufgebot sein, dachte er.

Der Zwerg ging voraus, Fritz folgte ihm unwillkürlich.

Es waren nur fünfzig Schritte, und doch waren alle andern wie vom Erdboden verschluckt.

»Ich war in Bad Nauheim«, sagte der kleine Mann mit leiser Stimme, »mit deinem Vater auf einem

Zimmer. Mir konnten sie helfen. Ein Jahr nach dem Tod von Paul hat man mich als geheilt entlassen. Hab keinen Tropfen mehr angerührt seitdem. Eine Cognacpraline und es ist aus, hieß es.«

»Was soll das? Was wollen Sie von mir?« Fritz starrte das Männchen ungläubig an.

Konnte es sein, dass dieser Mann ihn als den Sohn des schwer kranken Paul erkannte, der vor fünfzehn Jahren im Sanatorium Bad Nauheim an den Folgen einer Leberzirrhose gestorben war? Konnte das sein? Natürlich, er sah, je älter er wurde, seinem Vater immer ähnlicher, aber dass er hier im Dunkeln so ohne Weiteres erkannt werden sollte? War er von dem Mann vielleicht beobachtet worden?

»Ihr habt ihn abgeschoben damals. Ich weiß alles. Er hatte das Haushaltsbuch liegen lassen mit den Ausgaben für die andre Frau. Doppelte Haushaltsführung, doppeltes Leben. Oje, armer Kerl. Niemand von euch ist gekommen, und gestorben ist er ganz allein.«

Jetzt war klar: Dieser Affe sagte die Wahrheit. Er wusste alles und weckte in Fritz das schlechte Gewissen, das ihn seit damals immer wieder plagte.

Einundzwanzig war er gewesen, als die Mutter sich ihres Mannes quasi entledigt hatte. Sein Schlendrian, seine Genusssucht, sein Weiberverbrauch, sein Suff hatten die Familie beinahe ins Elend gestürzt. Wenn Elise nicht, so wie später an Bord, das Ruder an sich gerissen und ihn handstreichmäßig entmachtet hätte, wäre Paul zum Verderben für alle geworden. Sein Doppelleben war da nur der letzte Auslöser.

Fritz erinnerte sich noch gut an den Tag.

Sie hatten an einem Wochenende vor der kleinen Insel Imchen geankert, als plötzlich die Sybilski mit einem Ruderboot, das sie weiß Gott wo aufgetrieben hatte, längsseits kam und »Gnädige Frau, Sie müssen sofort ins Geschäft kommen und übernehmen, es geht nicht mehr« sagte.

Ohne lange zu zögern, war Elise zur Sybille ins Boot gestiegen, hatte dem Bootsmann Kommando und Kinder anvertraut und war, indem sie die Riemen gleich selbst in die Hände nahm, davongerudert. Die Szene stand Fritz noch genau vor Augen.

Als sie später am Tag nach Hause kamen, war der Vater bereits ins Krankenhaus gebracht und, wie es hinter vorgehaltener Hand hieß, nach den heftigen Konvulsionen, die einen Deliriumskranken durchzucken, ruhiggestellt worden.

Ein Freund der Familie hatte Paul schließlich dazu überredet, in eine Kur nach Bad Nauheim einzuwilligen, aus der er nicht mehr nach Hause zurückkehrte.

»Wenn Sie Alkoholiker sind, dürfen die Sie bei Preußens doch gar nicht nehmen«, war das Einzige, was Fritz einfiel, um dem Mann etwas zu entgegnen.

»Ich bin zur Bewährung hier. Hatte schon den sicheren Tod vor Augen, weil ich als Kleinwüchsiger und Depp in ein Lager abgeschoben worden war. Da hab ich mich dann freiwillig an die Front gemeldet, um wegzukommen. Zum Glück verläuft die ja zurzeit durch Potsdam.«

Wie zur Bestätigung stiegen plötzlich direkt gegenüber Leuchtgeschosse hoch.

Wie Weihnachtskugeln glitzerten sie durch die Nacht und illuminierten die Heilandskirche. Sie blieben an kleinen Fallschirmen eine Weile in der Höhe hängen und läuteten wohl das Ende der gemütlichen Inselpartie ein.

»Sammeln!«, hörten sie es hinter sich brüllen.

Der kleine Mann zog einen Esslöffel aus der Tasche.

»Hier, ist noch vom Röckenhof. Hat Paul mir

zum Andenken geschenkt. Von seinem Vater Johann, vom Bauernhof.«

Die Buchstaben »I. K.« waren in den Löffelstiel eingraviert. Fritz konnte es im fahlen Licht der Leuchtkugel deutlich erkennen.

»Hab noch mehr. Wenn der Schlamassel vorbei ist, komm ich in der Kneipe vorbei. Weiß ja, wo das ist.« Sprach's und grinste. »Weiß ja jeder.«

»Wie ist denn Ihr Name?«, wollte Fritz noch wissen, als ihn der Schein einer Taschenlampe erfasste.

»Hier sind noch zwei«, rief eine Stimme und ergänzte: »Ham sich versteckt, wollten sich drücken.«

»Was soll denn der Unsinn?«, sagte Fritz, der den Kahlkopf erkannte und langsam die Schnauze voll hatte von diesem Denunzianten. »Kein Mensch will sich drücken, sind ja gerade im Aufbruch begriffen.«

»Im Aufbruch begriffen. Aha. Begriffen oder befingert? Techtelmechtel, was? Das ist der Kerl von vorhin«, rief er irgendwem zu. »Hab ihn gleich wiedererkannt. War mir gleich verdächtig. Ich knall dich ab, du Arschloch«, brüllte der Soldat. Er musste getrunken haben, es war völlig absurd, wie er sich benahm. Absurd, aber gefährlich.

Die Brülllerei hatte nun noch andere auf den Plan gerufen, unter anderem einen Offizier, der »Nehmen Sie mal Haltung an, machen Sie Meldung« zu dem Tobenden sagte.

Es war der kleine Mann, der gehofft hatte, dem Tod im Lager durch seine Meldung an die Front zu entgehen, der jetzt sein Leben ließ. Er hatte sich etwas zu schnell bewegt, hatte sich von seinem Platz etwas zu schnell weggedreht, war ein zu irritierender Reflex im Auge des Betrunkenen gewesen, sodass der, mit einer blitzschnellen Bewegung seiner MP, gefeuert und den Mann erschossen hatte.

Zwei, drei andere, die hinter ihm standen, stürzten sich sofort auf den Amokläufer, stießen ihn zu Boden, entrissen ihm seine Waffe und hielten ihn am Boden. Der brüllte, wehrte sich und war wie von Sinnen. Er schien wirklich verrückt geworden zu sein.

»Sperrt ihn in den Keller«, sagte der Offizier und versuchte, die Leute zu beruhigen, die den Tobenden am liebsten ihrerseits sofort an die nächste Wand gestellt hätten.

Dem Mann wurden die Hände gebunden, seine Schreie durch zwei heftige Schläge ins Gesicht beendet und er wie ein Sack Mehl über den sandigen Boden zum Schloss geschleift.

Fritz stand währenddessen wie angewurzelt auf seinem Platz. Er versuchte zu verstehen.

Was war da geschehen? Und warum gerade jetzt?

Der Tod des kleinen Mannes, der plötzliche Ausbruch tödlicher Gewalt, kam ihm ebenso unwirklich vor wie die ganze Begegnung davor. Als hätte der in Einsamkeit gestorbene Vater noch einmal seine Macht gezeigt.

Fritz wurde klar, dass er wie selbstverständlich all die Jahre davon ausgegangen war, dass es jederzeit jeden anderen, nur nicht ihn, erwischen konnte.

Und doch war er jetzt bereits zum zweiten Mal nur äußerst knapp davongekommen. Er schüttelte sich.

Er wollte sich eine Zigarette anstecken.

Er zitterte so heftig, dass er sie nicht aus der Packung ziehen konnte.

Er schaute nach dem Mann, mit dem er vor Minuten noch gesprochen hatte und der, wie es ihm schien, jetzt für ihn gestorben war.

Aber da war nichts.

Nichts.

Die Lichtung war leer. Auch die Männer, die eben noch für Ordnung gesorgt hatten, waren verschwunden.

Er öffnete seinen Tornister, nahm die Schnapsflasche heraus, entkorkte sie und setzte an. Er nahm einen großen Schluck, schloss die Augen und riss sie wieder auf. War auch er jetzt verrückt? Eben dieses Chaos und jetzt kein Mensch. Nicht einmal die Leiche war übrig geblieben. Hatte man sie so schnell beseitigt?

»Sammeln!«, schrie es noch einmal von unten, vom Fähranleger, hoch.

»Sammeln«, wiederholte Fritz zu sich selbst, schüttelte sich, steckte die Flasche zurück und versuchte, den kürzesten Weg durchs Gestrüpp zu finden.

Unten angekommen, reihte er sich in eine Gruppe von etwa zwanzig Mann ein, die gerade von einem Offizier instruiert wurden.

»Der Russe hat bei Moorlake übergesetzt und versucht, sich in Nikolskoe festzusetzen. Die Kompanie geht vom Fähranleger hoch und säubert den Wald bis zur Kirche.«

»Und dann?«, wollte Fritz unwillkürlich fragen,

denn die Aktion schien so schwierig wie aussichtslos. Sie würden sicher schnellstens überlaufen und eingeschlossen sein und dann von da drüben nicht mehr wegkommen.

Er musste unter allen Umständen ein Boot finden und von hier abhauen. Er blickte sich um. Die Augen gewöhnten sich langsam an die Dunkelheit, aber außer den Lastkähnen, die längs der Insel lagen, waren weit und breit keine Schiffe zu sehen. Ausgenommen die Ruderboote natürlich, die inzwischen, hin und her, einen Fährverkehr aufgenommen hatten, um die Soldaten dort überzusetzen, wo die Havel nicht breiter als ein Flüsschen war. Er stand jetzt mit den anderen Männern dicht gedrängt auf dem Steg, um einzusteigen, als er am Ufer die Kettenhunde erblickte, die ihn im Strandbad beinahe erschossen hätten. Sie achteten wohl darauf, dass niemand auf der Insel zurückblieb. Er schob sich den Helm tief in die Stirn. Erkannt werden wollte er von den beiden nicht.

Immer zu zehnt stiegen sie nun in die Boote. Dabei war ihnen absolute Ruhe eingeschärft worden. Der Feind sollte weder durch Motorengeräusche noch durch Rufe aufmerksam gemacht werden.

Am Wannseeufer wurden sie sofort in kleine Gruppen eingeteilt und unter Führung eines Hauptmanns in den Wald und nach oben gejagt.

Fritz schloss sich einer Gruppe von zehn Mann an, die im morastigen Boden versuchten, Fuß zu fassen, und dabei leise fluchten, was sich wohl nicht vermeiden ließ.

Sein ganzes Leben lang hatte er gekämpft. Doch stets, um von den eigentlichen Kämpfen verschont zu bleiben. Hier, so schien es ihm, hatte nun auch sein persönlicher Endkampf, der eigentliche, begonnen.

Er wusste mit dem Gewehr gar nicht umzugehen. Nur dunkel erinnerte er sich an ein, zwei Übungen, die er in Johannisthal absolviert hatte. Wie man lud, entsicherte und schoss.

Vorbereitet wollte er schon sein. Der Schreck war ihm tief in die Glieder gefahren, als neben ihm der kleine Mann vorhin einfach umgehauen worden war von der Gewalt zweier Feuerstöße.

Fritz kam seine Frau in den Sinn, sein Jochen. Bei Tante Trudchen. Waren die da noch? Und wohlauf? Er spürte ein lange unterdrücktes Gefühl von Sehnsucht nach den Seinen, nach Normalität. Nach Zeit, die man nicht messen, nicht einteilen musste, die man nach Lust und Laune verbrauchen konnte. Und nach Nähe, die man geschenkt bekam.

Er hatte Marianne während seiner Lehrzeit im Hotel Minerva in Köln kennengelernt. Sie hatte im Empfang gearbeitet und sollte den anreisenden Herrschaften den Weg zur Rezeption weisen.

Da sie in der kleidsamen Pagenuniform ihr hübsches Gesicht und ihre Weiblichkeit nicht verstecken konnte, gab man ihr gern ein Trinkgeld.

Fritz sollte, um einmal das elterliche Geschäft zu übernehmen, alle Stationen eines Restaurationsbetriebes durchlaufen. So war er zu dieser Zeit in der Küche des Hotels als Lehrling des Soßenkochs und also an prominenter Stelle eingeteilt.

Er entschlüpfte seinem Chef, durchquerte die Halle, was streng verboten war, stellte sich Marianne als »Graf Mützkoch de Saucière« vor, drückte ihr ein Radieschen, das er in Herzform geschnitten hatte, mit den Worten »Nimm nur, Bursche, soll dein Schaden nicht sein« in die Hand, und ehe noch der herbeieilende Concierge ihn erwischt oder auch nur erkannt hatte, war er davon, nicht ohne Marianne ein »Sehe Sie dann am Sonntag!« zuzuraunen.

Beim Tanzen in einem Ausflugslokal vor den

Toren der Stadt waren sie sich dann nähergekommen, und Marianne hatte sich nach ihm und seinem Leben erkundigt mit einer Ernsthaftigkeit und einem Interesse, das er bis dahin nicht gekannt hatte. Ach was, erkundigt, dachte Fritz. Ohne ihre Fragen hätte er gar keine Antworten gehabt. Sie ließ so lange nicht locker, bis er Dinge preisgab, die er von sich selbst kaum ahnte. Ganz ruhig wurde er dabei.

Dann, während einer nächtlichen Fahrt auf einem Rheindampfer, eng umschlungen auf einem Liegestuhl in eine Decke gewickelt, hatten sie stundenlang die Sterne betrachtet.

»Wenn wir zusammengehören sollen, müssen wir einmal zusammen auf See gehen«, hatte er gesagt, und sie hatte zugestimmt.

Ausgerechnet diese Reise, im darauffolgenden Jahr angetreten, führte dann in den schrecklichen Gewittersturm. Dass sie den gemeinsam überstanden hatten, ließ sie an Heirat und Kinder denken.

Und ausgerechnet hier soll ich jetzt sterben?, dachte Fritz. Hier in Moorlake, wo jetzt die Russen übergesetzt haben?

In Moorlake war seine Mutter 1909 mit ihm als Neugeborenen direkt aus dem Krankenhaus, den

Sommer zu verbringen, auf die Traute gegangen, die dort vor Anker lag.

Was wäre das für ein Schicksal, Geburts- und Todesort so nah beieinander zu wissen?

Schicksal?, dachte Fritz und spürte einen lebensrettenden Nihilismus in sich aufkommen, der ihn schon öfter in seinem Leben hatte auf den Boden der Tatsachen zurückkommen lassen. Schicksal? Dieses Wort galt ihm nichts mehr. Es war ja wohl bis zum Erbrechen strapaziert worden.

Er stolperte. Das Gestrüpp auf dem Weg direkt nach oben war dicht, und es war stockfinster. Neben ihm nieste einer, und ein anderer zischte sofort um Ruhe.

Sie waren jetzt vielleicht zu fünft. Der Rest musste schneller, langsamer oder anders gegangen sein. Zurückbleiben, sich etwa verstecken, um sich dann abzusetzen, war bisher noch unmöglich. Und je weiter sie nach oben und in Richtung der Kirche sich vorpirschten, desto mehr schwand die Chance, zurück zum Havelufer zu gelangen und sich über das Wasser zu verdrücken. Niemand sonst als ein mit dem See seit Kindertagen Vertrauter hätte hier, in völliger Dunkelheit, wohl eine Chance. Und niemand sonst, der hier nicht mit der Schule zum

Wandertag oder von den Eltern im Schlitten gezogen aufgewachsen war, hätte diesen einen ganz vertrauten, nirgendwo sonst zu findenden Geruch wahrgenommen. Diese Mischung aus Sand und Luft und Laub und See, so intensiv, dass Fritz öfter schon darüber nachgedacht hatte, ob man sie nicht destillieren und als Parfüm benutzen könnte.

Er drückte sich tief in den Waldboden, um so unsichtbar wie möglich zu sein.

Jetzt roch er Moder, Gase, fauliges Wasser. Es war kalter Boden, halbwegs trocken. Noch vor gut vier Wochen war hier alles gefroren gewesen.

Ich bleibe einfach liegen und versuche, erst mal die Lage zu erkunden, sagte er sich und horchte in die Nacht. Weiter entfernt knackten unüberhörbar Zweige, Äste, Sträucher.

Es wurde herumgekrochen. Wer war das? Unsere? Die Feinde?

Kein Schuss fiel etwa. Niemand schien der Erste sein zu wollen. Angreifer wie Verteidiger wollten so kurz vor dem Ende kein Risiko mehr eingehen.

Fritz war nicht müde, er war gesättigt, er lag bequem, es schien ihm eine geradezu komfortable Situation. Ich werde den Teufel tun, mich zu bewegen, dachte er und streckte sich leicht. Das Gewehr allerdings hielt er fest im Anschlag. Keiner sollte ihn kriegen. Auch keiner von den eigenen Leuten.

Er musste an seine Mutter denken, an Elise, mit der er so oft hier im Grunewald gewesen war.

Sie hatte immer darauf bestanden, dass die Kinder ihren Mittagsschlaf hielten. Dann wurden bei schönem Wetter zweimal zwei Sessel auf der Terrasse gegeneinandergestellt, eine Decke wurde darauf ausgebreitet, und die Großmutter bettete Inge und Fritz nebeneinander in die so entstandenen Liegen.

Und sie wurden weiter eingepackt. Jedes Kind bekam noch eine rundherum festgesteckte weitere Decke übergelegt und ein Kopfkissen, sodass man nahezu unbeweglich, aber herrlich warm und geschützt zu Bette lag.

»Wie in Abrahams Wurschtkessel«, wurde das genannt.

So waren die Kinder auf der Terrasse in ihren Mittagsschlaf versunken und träumten sich große und erwachsene Freunde herbei. Fritz den »Matrosen«, Inge ihr »Blümchen«.

Mit denen konnte man Zwiegespräche halten, die nie versiegten, die keine Ordnung brauchten und nur den Sinn hatten, sich mit sich selbst bekannt zu machen.

Ähnlich verpackt wurde man auch im Winter auf den Schlitten, die Paul und Elise, als sie noch ein Liebespaar waren, mit Bonjo als Schlittenhund durch den Grunewald zogen. Auch hier war die Großmutter meistens dabei, die ihren Mann Franz früh verloren hatte und bei Tochter und Schwiegersohn lebte. Begeistert war sie nicht von Paul. »Was willst du bloß mit dem Budiker?«, war ihr stetes, mit vorwurfsvollem Gesicht vorgebrachtes Lamento. Sein Ruf war schon damals nicht der beste.

Sie selbst hatte damals mit ihrem Franz ein großes Glück gefunden. Er war nur vier Straßen weiter zu Hause und doch in einer anderen Welt.

Aus ihm, dem Drucker Franz Jacobs, war ein kleiner Fabrikant geworden, der Druckmaschinen herstellte und in der dörflichen Welt der rheinisch fröhlichen Leute, in der Arm und Reich auf die gleichen Tanzvergnügen ging, Johanna beim Tanzen fest in die Arme nahm und ihres Fingerstumpfes nicht einmal erwähnte.

Ihr Vater, Nikolaus Raskop, war ein Tagelöhner, der seine Familie nicht ernähren konnte. So musste das junge Mädchen früh als Bürogehilfin arbeiten, wurde Putzmacherin und geriet, als sie fünfzehn war, mit den Fingern der linken Hand in eine Nähmaschine. Nur Daumen und kleiner Finger waren heil geblieben. Damit hantierte sie wie ein Krebs. Dazwischen blieb ein Knubbel, den sie ihr Leben lang mit dem weißen Taschentuch, das sie stets darübergebreitet trug, zu verbergen wusste.

Wenn ein Mensch sich so außergewöhnlich liebevoll um einen kümmerte wie diese Johanna Jacobs, konnte so eine Verkrüppelung ganz vertraut werden, dachte Fritz.

Ihre sechs Geschwister, allesamt Mädchen, blieben in Oberhausen, und zu den Familienfeiern wurden Fritz und Inge als Kinder regelmäßig mitgenommen. Viele Erinnerungen wurden dort aufgehoben, und wer sich nicht benahm, bekam eins auf den Omatako. Dieser Ausdruck kam noch aus der Zeit von Deutsch-Südwest, wo die dort Eroberten einen Berg hatten, der so hieß. Gesäß. Arsch, Hintern.

Und ebenden begann Fritz jetzt unangenehm zu spüren. Seit einigen Minuten war ihm ein steter Tropfen aus dem Zweig eines der Bäume auf die Hose getropft. Hier konnte er so nicht liegen bleiben. Vorsichtig rollte er über die linke Schulter auf einen etwas trockeneren Fleck. Ein leichtes Rascheln ließ sich dabei nicht vermeiden, und so horchte Fritz erst mal angestrengt in die Waldesstille, ob er etwa bemerkt worden war. Aber alles blieb ruhig. Er überlegte, sich nun doch endlich mal eine Zigarette anzuzünden, gab das Vorhaben aber schnell wieder auf, denn das Aufflammen des Feuers oder auch nur das Glimmen des Stängels würden sicher bemerkt werden.

Stattdessen ging ihm der Tabakladen von Tante Malchen durch den Kopf. Von ihr hatte er einst sein erstes Päckchen Zigaretten geschenkt bekommen. Sie war eine von Johannas Schwestern und betrieb das kleine Geschäft in Oberhausen zusammen mit ihrer Tochter, der ebenfalls Tante genannten Hilde.

Ein Stockwerk höher wurde die älteste Schwester Lina, natürlich auch eine Tante, allen Besuchern vorgestellt als die, die sich mit achtzig ihre Füße noch im Waschbecken waschen konnte. Nicht zu verwechseln mit der anderen Schwester Lisette, die ernst und oft in sich gekehrt war. Viele, viele weitere gab es noch, sie hießen alle ähnlich, waren meist älter, aber niemand durchschaute die Verwandtschaftsverhältnisse, und oft wurde lautstark diskutiert, ob diese oder jene nun Cousinen oder

Tanten, wann sie zuletzt in Ruhrort zu Besuch oder gar nicht mehr gesehen waren. Beinahe alle diese Frauen hatten ihre Männer im Krieg verloren, blieben daraufhin unverheiratet oder zogen zusammen. Sie brachten bei ihren Besuchen in das oft griesgrämige Berlin ein unbändiges Lachen und eine überbordende Fröhlichkeit mit. Sie sangen viel und gern.

Legendär war der Kaffeeklatsch zu Tante Marias Siebzigstem, bei der diese in die Hände geklatscht, »Nä, is dat schön!« gerufen und tot zur Seite gekippt war.

Die rheinische Verwandtschaft war schier unüberschaubar, ganz im Gegensatz zu der des Vaters, die mehrheitlich in Röckendorf geblieben war. Des Urgroßvaters fünf Söhne mussten sich, nachdem der älteste den Hof übernahm, mit einer kleinen Abfindung bescheiden und ihr Heil entweder in der Hauptstadt suchen oder sich vor Ort, in einem anderen als dem Bauernberuf, betätigen. So war Fritz' Großvater 1875 in die Stadt Berlin gekommen, so hatte er sein Bierlokal eröffnet.

Von den sechs Kindern, die er mit Christliebe, seiner Frau, bekam, blieben nur zwei am Leben. Fritz' Vater Paul und dessen Bruder Hans, der sich schon früh für die Fliegerei begeisterte und dabei umkam. Er war mit einem kurzsichtigen Piloten auf einem Schuppendach beim Tempelhofer Feld gelandet. Der Pilot überlebte, weil er nicht angeschnallt war.

Hans verbrannte.

So blieb zuletzt nur noch der Sohn mit Namen Paul.

Er verwaltete das kleine Bierimperium erst recht, dann schlecht.

Zwei große Doggen, ein Automobil noch vor dem ersten Krieg, ein Mietshaus, eine Villa – es gab einiges, was verschleudert werden konnte. Goethe-Ausgaben von Cotta, die nie aufgeschnitten worden waren, drei Segelboote vor der Traute, dann Pelze, Schmuck und ein Gemälde, das Conrad Fehr von Elise anfertigte.

Vor den Kindern sprach man Französisch, und wenn etwas besonders ärgerlich war, dann rief Paul aus: »Grand kack de malheur!«

Elises Familie war aus dem Rheinland erst 1904 nach Berlin gekommen und hatte sich in der Nähe der großen Fabrik des Borsig niedergelassen. In Borsigwalde, wie es so schön verniedlichend hieß. Immer mehr Verwandte und Bekannte waren nachgekommen. Allen voran Großmutter Johannas beste Freundin Christine mit dem zarten Nachnamen Schweinsberg. Sie eröffnete im Wedding einen kleinen Milchladen, in dem es für Johannas Enkelkinder immer etwas zu naschen gab.

War es ihre Verletzung oder ihre Herkunft aus einfachsten, ja ärmlichsten Verhältnissen, die sie so zugewandt sein ließ? Auf der Terrasse stopfte sie jedem Kind noch ein Stückchen Schokolade in den Mund und wischte, schwups, die Mäulchen mit ihrem Taschentuch sauber.

Fritz fühlte ihre Nähe wie das Versprechen auf eine nie endende Seligkeit. Alles war eins. Alles war für immer seins.

Und doch konnte die Welt auch zu groß werden, zu unübersichtlich, dann wandte das Kind einen Trick an, der ihm Abstand ermöglichte. Es kniff die Augen zusammen, fixierte einen Punkt und produzierte im Gehirn eine Anstrengung, die es die Dinge verkleinert, wie von fern, betrachten ließ.

So rückte es von allem weg. Später stellte das Kind fest, dass ein umgedrehtes Fernglas denselben Effekt hatte. Doch da war Fritz diese Fähigkeit bereits verloren gegangen. Das Erwachsensein ließ ja ohnehin alles schrumpfen.

Vater Paul hingegen hielt ihn ständig zur Eile an, machte ihm dauernd Dampf, nannte ihn Lausejunge und rief: »Ick schlaag da dood!« Ein kindlicher Aberglaube entstand aus diesem Druck, möglichst viel gleichzeitig und auf einmal erledigen zu sollen.

Wenn nach Schließen der Haustür die hereingeschleuderte Mütze nicht sofort auf der Ablage landete, bedeutete das Unglück. Dann mussten, zur Verstetigung, die Handlungen in Zahlen unterteilt werden. Linke Socke eins, rechte Socke zwei, Aufnehmen der Hose drei, linkes Hosenbein dann vier, rechtes fünf und Gürtel sechs, Hemd aufnehmen sieben, Überstreifen acht und neun, Knöpfe schließen zehn, elf, zwölf.

Es dauerte ein paar Jahre, bis sich das legte und es ihm gegen seine Überzeugung gelang, Schuhe auf den Tisch zu stellen und so das Schicksal direkt herauszufordern.

Zu dieser Zeit redete Fritz gern, auch gern laut und öffentlich, vor allem aber zu sich selbst. Stets war er im Dialog mit sich.

»Was haste dir denn dabei gedacht? Na, man wird ja wohl noch fragen dürfen! Ja aber doch nicht so dämlich, dass jeder sofort merkt, was dahintersteckt! Na, war doch gar nicht so schlecht, was?

Lass mich mal ruhig machen, ich weiß schon, was ich tue. Ja, hahaha, Klugscheißer!«

Später, je mehr Zeit Vater Paul für seine fatalen Erziehungsmethoden hatte, war der Ton, den Fritz sich gegenüber anschlug, schärfer geworden und wurde zur Selbstbeschimpfung: »War doch klar, dass das nicht klappt, du Idiot. Vollidiot! Lass gefälligst die Pfoten weg, wenn du zu blöd bist! Nein! Nein! Nein! Falsch!«

Er hatte siebzehn werden müssen, um sich eines Tages durch einen gewaltigen Tritt in den Hintern seines Vaters zu befreien. Der verdutzte Paul war zu perplex gewesen, um sich zu empören oder gar zu wehren. Von Stund an war Schluss. Aber Schluss auch mit jedem Verständnis füreinander.

Sie gingen nun ihrer Wege, Paul entfernte sich immer weiter von der Familie, fing an, sich auch für Männer zu interessieren, und Fritz entdeckte für sich die Welt der Frauen.

Als er vier war, hatte das Hausmädchen ihn beim Spiel mit seinem Geschlecht erwischt. »Nimm sofort deine Finger da weg«, rief sie ganz empört. »Das darfst du machen, wenn du zwanzig bist!«

Das hatte sich ihm eingeprägt. Hier hatte er offenbar gegen ein sehr strenges Gesetz verstoßen. Er dachte zwar nicht daran, dem zu folgen, als dann aber sein zwanzigster Geburtstag kam, war ihm dennoch eine gewisse Last von der Seele gerutscht. Wie doch Sätze in einem herumspuken konnten.

Mit elf fraß er sich durch die Bibliothek seiner Eltern und war dabei so aufgeregt, dass sich ihm die Worte verdrehten. Statt Bürste las er Brüste. Und wie man Texte querlas, lernte er dabei.

Wo ein Schlüsselloch war, versuchte er durchzuspähen. Dabei durfte man sich unter keinen Umständen erwischen lassen. Das war unfassbar peinlich. Die Phantasie spielte einem da Gewaltiges vor. Halbe Waden konnten zu vollem Wuchs erwachsen, und wenn man lang genug das Auge halten konnte, entblößte sich wohl sicher noch das Letzte, nie Gesehene.

Alles war die Phantasie, alles blieb sie.

Kein verrutschter Träger, der nicht auf die je eigne Art der Wäsche schließen ließ, keine einzige Frau auf der Welt, die nicht irgendwie attraktiv war.

Alle hatten sie, obwohl wahrscheinlich doch dem Mann verwandt, etwas vollkommen anderes. Andere Knochen, andere Hände, Füße, Finger und die verdammten Bürsten.

Fritz musste sich eingestehen, dass er wohl süchtig war. Aber was für eine Sucht sollte das sein, die niemals einen Normalzustand gekannt hatte? Die ihn stattdessen immer wieder in entsetzliche Liebesqualen brachte, wenn seine Sehnsucht mal wieder größer war als seine Möglichkeiten. Der Wunsch nach Berührung war allgegenwärtig.

Man musste sich irgendwie arrangieren. Nicht dran denken, nicht hinsehen und nicht träumen. Und manchmal eben doch alles auf eine Karte setzen.

Er blickte auf. Irgendein Geräusch hatte ihn irritiert. Etwas klang anders als zuvor. Es waren wohl noch Tiere unterwegs. Das aber kam von oben.

Vorsichtig musterte er die im Dunkeln liegenden Baumkronen. Er sah nur schemenhaft, dass sich auf einem der Bäume, in etwa zehn Meter Höhe, etwas zu bewegen schien.

Ein Vogel? Nachts?

Plötzlich blinkte etwas Metallisches im fahlen Licht, und Fritz wusste im selben Moment: Da saß jemand.

Er glaubte einen Lauf auf sich gerichtet, und um jeder Eventualität vorzubeugen, legte er blitzschnell sein Gewehr an, entsicherte es und drückte ab. Beinah im selben Augenblick.

Ein Schrei ertönte nach dem Knall, und beides ging durch Mark und Bein, so lastend war die Stille zuvor gewesen.

Nun prasselten die Äste des Baumes vor ihm nieder, und aus der Höhe stürzte ein Körper herab, vor dem er erschrocken einige Meter zurückwich, um nicht erschlagen zu werden.

Dumpf schlug es auf und gleich darauf auch hart. Das musste die Waffe sein, die seltsamerweise erst einige Sekunden später folgte.

Der Körper regte sich nicht und lag wie tot am Boden. Mehr aus Neugier denn aus Hilfsbereitschaft kroch Fritz näher.

Er war jetzt vollkommen ruhig. Es war klar, dass er ungeheures Glück gehabt hatte, denn vor ihm lag ein russischer Soldat, ein Scharfschütze wohl – und es war eine Frau.

Sie war tot, da war kein Zweifel möglich. Sie hatte die Augen geöffnet und blickte völlig starr, als hätte die Konzentration auf Kimme und Korn noch gar nicht nachgelassen. So schien der Krieg im Tod noch nicht vorbei.

Eine äußerliche Verletzung war nirgends zu bemerken. Auch wo sein Schuss sie getroffen hatte, war nicht zu erkennen.

Das Haar hatte sie sich unter ihren Helm gezwängt, es war nicht kurz. Schwarz war es, Fritz konnte es trotz der Dunkelheit klar erkennen.

Er berührte vorsichtig ihre Stirn. Sie war noch warm, die Haut überraschend zart. Sie regte sich nicht. Mit der Hand schloss er ihr sachte die Augen und murmelte: »O Gott.«

Man hatte von »Flintenweibern« gemunkelt, aber doch angenommen, dass Frauen an der Front nicht kämpfen würden. Nun hatte er den Gegenbeweis leibhaftig vor sich.

Und dennoch ist sie tot, dachte Fritz. Sie ist warm, sie hat die Augen auf, vor einer Minute lebte sie, und dennoch ist sie tot.

So plötzlich wie der Schuss aus meiner Waffe, so plötzlich war sie tot. Könnte man die Richtung nicht auch umdrehen, könnte sie auf einmal wieder leben?

Der Gedanke war so real, dass Fritz Angst bekam vor dieser Möglichkeit.

Er rückte von ihr weg.

Sie musste wie eine Katze in die Höhe geklettert sein und sich dort oben sicher gefühlt haben.

Wer kam auch auf die Idee, dass die Feinde so behände waren?

Das aber hieß natürlich ab sofort, sie überall zu wähnen.

Und wirklich brach nach diesem Schuss, der das Schweigen des Versteckens beendet hatte, ringsum Gewehrfeuer aus. Es schien von überallher zu kommen und zwischen Feind und Freund war nicht zu unterscheiden.

Unwillkürlich blickte Fritz nach oben, ob weiteres Mündungsfeuer aus den Bäumen zu entdecken war.

Über die russische Kirche in Nikolskoe war der Feind längst hinaus. Die Situation war vollkommen unübersichtlich geworden, genau das, was er vorausgesehen hatte. Sie befanden sich in einem unentwirrbaren Knäuel, und das in völliger Dunkelheit. Von allen Seiten her krachte es jetzt.

Voll Wut schienen die Soldaten beider Seiten. Wie rasend, der Situation, dem Krieg und auch dem Sterben ein Ende zu machen.

Wenn alle nur so weiterfeuern, dachte Fritz unwillkürlich, ist ja die Munition bald erschöpft, und alles geht nach Hause.

Er schüttelte sich, riss seine Augen auf, schlug

sich mit den Händen auf die Arme. Ich muss zu mir kommen, dachte er. Ich darf jetzt nicht schlappmachen. Ich stehe unter Schock natürlich. Ich habe getötet. Und dann noch eine Frau.

Verdammte Scheiße, dachte er und: Schluss jetzt, aus. Weg hier, weg!

Bergab musste er. Wie schlafwandelnd, nur hin und wieder instinktiv sich duckend, aber völlig furchtlos ob des Feuers stolperte er die Anhöhe hinab und rutschte mehr, als dass er ging. Zweige peitschten ihm ins Gesicht, er griff nach einzelnen Ästen, um sich festzuhalten. Niemand stellte sich ihm in den Weg. Alle waren sie im Kampf und mit sich selbst beschäftigt. Das Gewehr hatte er weggeschmissen. Unwillkürlich. Sozusagen als Grabbeigabe. Und aus Reue und aus Entsetzen und aus Scham.

Er stürzte, fiel hin, etwas in seiner Schulter brannte, er achtete nicht darauf, rappelte sich hoch und spürte nichts als Überlebenswillen.

Eine Maschine hätte sich ihm in den Weg stellen können, er hätte sie bezwungen.

Er roch das Wasser. Jeder wusste, wie die Havel roch. Lieblich, faulig, mild und träge. Im Mund war das Wasser weich und ganz süß. Aber ohne

Boot, wie jedes große Wasser, nicht zu überwinden.

Wo waren die Ruderboote geblieben, mit denen man sie übergesetzt hatte? Fritz war jetzt am Ufer angelangt. Plötzlich lag die große graue Fläche des Sees vor ihm. Linker Hand, etwa zweihundert Meter entfernt, ahnte man den Fähranleger.

Dort herrschte noch immer reges Treiben, einzelne Lichter blinkten auf, doch war unklar, ob deutsche Soldaten oder nun schon Russen zugange waren. Feinde waren sie ihm so oder so.

Er wandte sich nach rechts und hielt sich in einigem Abstand vom Ufer, um in Deckung der Sträucher und Bäume zu bleiben. Ein leichter, aber doch kühler Wind war aufgekommen, er registrierte ihn achtlos. Weit und breit war kein Boot zu entdecken, weder am Ufer noch an Land.

Er war jetzt zwischen die Fronten geraten. Hinter sich die vorwärtsdrängenden Russen, vor sich deutsche Soldaten, die bestimmt irgendwo, nicht weit von ihm entfernt, eine Abwehrstellung errichtet hatten. Fritz wusste, dass hier, in der Nähe des Bunkers Heckeshorn, starke Truppenverbände lagen.

Es wurde langsam knapp. Ohne Gewehr, aber

mit sonstiger Ausrüstung war er sofort der Desertion verdächtig. Alles musste weg! Er schleuderte den Helm in hohem Bogen in den Wald und stockte. Gab es irgendetwas im Tornister, das er brauchen konnte? Er nahm ihn vom Rücken, öffnete und durchwühlte ihn.

Da er nie gedient hatte, war er überrascht, was dort alles drinsteckte. Neben Wäsche, Taschenmesser, Zeltplane und Ersatzanzug aus Drillichstoff fand er etwas Verpflegung, Wasser, seine Flasche Schnaps und, das hatten sie wohl aus den Beständen der Pfaueninsel noch draufgepackt, eine Dose Scho-Ka-Kola und Zigaretten.

Er steckte das Messer ein, stopfte sich die Jackentaschen mit Verpflegung voll, mit Zigaretten und Schnaps, und öffnete die Scho-Ka-Kola-Dose. Gleich zwei der schwarzen dreieckigen Stücke schlang er auf einmal herunter, obwohl ihm das als Diabetiker streng verboten war.

Der Körper stellt sich auf Alarm um, dachte Fritz und war völlig unbesorgt.

Er nahm noch einen kräftigen Schluck aus der Flasche, dann ließ er den Tornister mit dem restlichen Zeug liegen und ging weiter. Ganz frei fühlte er sich plötzlich. Und leicht. Es war ihm gar nicht aufgefallen, mit wie viel Gepäck er gegangen war.

Schokolade und Schnaps beflügelten ihn. Gleich würde ihm der rettende Gedanke kommen und einen Weg weisen.

Er blickte hoch. Es war eine dunkle Nacht, die immer wieder vom Blitzen hart krachender Feuerstöße erhellt wurde. Über Berlin hing ein schwankender Lichtschein, und sein Ziel, die Traute, die gleich hinter Schwanenwerder ruhig an ihrer Boje lag, war zum Greifen nah und schien doch unerreichbar.

Er schaute über das dunkle Wasser, als könnte sein Blick auf der weiten Fläche irgendeinen Halt finden, der ihm eine Lösung eingeben würde. Sollte er versuchen zu schwimmen? Mithilfe einiger großer Äste sich eine Schwimmhilfe bauen, eine Art Floß?

Er wusste, dass das zum Scheitern verurteilt war. Zu kalt war das Wasser noch, jetzt, Ende April. Solange er nicht völlig in der Falle saß und ausgeliefert war, musste es eine andere Lösung geben.

Vorsichtig setzte er seinen Weg am Ufer fort und überlegte, ob er sich nicht hier irgendwo, wo es keine Ansiedlung, keine Hütten oder Ähnliches gab, verstecken sollte, um dann bei Tageslicht die Situation besser überblicken zu können. Doch das von beiden Seiten dichter werdende Granatfeuer trieb ihm diese Hoffnung aus.

Auf einmal lag Fritz ein großes, wie undurchdringlich wirkendes Gestrüpp im Weg. Hier war kein Weiterkommen. Er musste wohl ins Landesinnere einen ziemlichen Umweg in Kauf nehmen oder aber direkt am Ufersaum und mit den Stiefeln durchs Wasser einen Bogen schlagen. Dann lieber nasse Füße.

Mit beiden Händen hielt er sich die bis ins tiefere Wasser ragenden Zweige aus dem Gesicht und war nun schon über die Knöchel hoch im See, als er im Innern des Gestrüpps eine deutliche Struktur erkannte. Da war im Unterholz ein Versteck gebaut worden! Er erkannte zuerst die geschwungene Linie eines Bugs, der über die unterste Schicht der Äste herausragte. Das war ein Boot! Fritz schlug die dichten Äste mit großer Wucht auseinander und konnte nun näher heran.

Nicht nur ein Boot lag da, es waren zwei! Eines davon war allerdings halb zerstört. Entweder hatte eine Granate eingeschlagen oder die ortsüblichen Wildschweine mussten hier gehaust haben.

Über beide Boote war ursprünglich wohl eine große Plane gebreitet gewesen, die nun in Fetzen herunterhing. Hier hatten kundige Leute an einem Ort, an dem normalerweise kein Mensch je vorbeikam, ein sicheres Versteck gebaut. Bestimmt waren das Fischer gewesen, und tatsächlich fand Fritz, als er die Reste der Plane beseitigt hatte, im ersten Boot nicht nur Riemen, sondern auch Netze, Lumpen, Leinen, Markierungsbojen und eine Korkschwimmweste.

»Na bitte, geht doch«, sagte er halblaut zu sich, so als hätte man anderswo, im Himmel womöglich, nein, das war Blödsinn, aber sicher doch an höherer Stelle frühzeitig für ihn Vorsorge getroffen.

Etwas von Großmutter Johannas Fürsorge war ihm zu steter Zuversicht geworden.

Wieder kam Wind auf. Fritz prüfte die Richtung. Es war ein Nordost. Keineswegs geeignet. Mit Wind von vorn würde es ein schönes Stück Arbeit werden, nach Schwanenwerder zu rudern. Andererseits konnte der Wind draußen auf dem See auch völlig anders kommen. Das lehrte die Erfahrung. Raus musste er!

Es rumorte, knallte und schoss immer näher.

Obendrein schienen sich beide Seiten immer genauer ins Feuer zu nehmen. Das letzte Geschoss war nur wenige Hundert Meter entfernt eingeschlagen.

Der See lag ruhig und schwarz, kein Artillerist feuerte in diese Richtung, hier wäre man sicher.

Jetzt machte sich Fritz an die Arbeit.

Es durfte, wenn man aus dieser näher rückenden Feuerlinie herauskommen wollte, nicht zu lange dauern. Gut war, dass die beiden Schiffe direkt am Ufer lagen. Er begann, die Äste aus dem Weg zu drücken. Das war nicht ganz einfach. In einige war schon der Frühling gefahren, und sie ließen sich allenfalls biegen, nicht brechen.

In diesem Augenblick krachte es, eine gewaltige Fontäne aus Erde schoss hoch und prasselte auf ihn nieder. Er hatte sich unwillkürlich geduckt und Glück gehabt. Kein Splitter, kein Metall, kein Holz erwischte ihn. Stattdessen hatte die Druckwelle der Explosion Fritz einige Meter rückwärts zu Boden geworfen. Er blickte auf. Er sah das Boot nicht mehr. Hatte die Granate es zerstört? Und ihn dabei am Leben gelassen?

Das Boot war auf die Seite geworfen worden. Im Rumpf klaffte ein tellergroßes Loch.

Fritz wusste, was zu tun war. Er suchte Korkschwimmweste und Lumpen, die er in einiger Entfernung fand, und stopfte mit ihnen die Öffnung, die wohl zur Hälfte unterhalb der Wasserlinie lag. Dass das Boot mit dem gestopften Leck ganz trocken bleiben würde, war unwahrscheinlich. Aber versuchen musste er es. Die Schnapsflasche könnte helfen. Denn wenn es hart auf hart kam, würde er den Inhalt opfern, der Flasche den Hals abschlagen und so das Wasser herausschöpfen können. Zu seinem Glück fand er die Riemen wieder, legte sie unter die Sitzbank und wuchtete den Kahn zurück auf den Kiel.

Es wurde höchste Zeit, sich abzusetzen, denn das Jaulen und Pfeifen der Granaten kam immer näher.

Er krabbelte durch das Geäst hinter das Schiff und begann zu schieben. Eben leicht ging das nicht. Es war, wie es sich für ein Arbeitsboot gehörte, stäbig gebaut und sträubte sich gewaltig, von seinem sicheren Plätzchen weggeschoben zu werden. Er setzte noch einmal an, mit aller Kraft. Es musste gelingen! Er richtete sich auf, versuchte sich zu entspannen, atmete kräftig durch, und nun kam Bewegung in die Sache, er schob das Boot ins Wasser.

Über die flache Uferzone drückte er sich stehend mit dem Ruder hinweg. Viel Wasser schien der Kahn nicht zu ziehen, und außer der Verletzung des Rumpfes an Steuerbord war offenbar alles dicht. Fritz bewegte sich trotzdem mit großer Vorsicht. Nur nicht zu viel rumwackeln. Er setzte sich auf die mittlere Bank, klappte die Dollen hoch und legte, erst links, dann rechts, die Riemen hinein.

Langsam nahm das Boot Fahrt auf. Zuerst mal weg vom Ufer, dachte er und legte sich gleich ordentlich ins Zeug. Das Rudern war ihm angenehm. Er hatte es noch vor dem Segeln gelernt, und die Bewegungen hinterließen einen guten Wärmestrom in seinem Körper.

Mit zunehmender Entfernung vom Ufer weitete sich sein Blick. Er konnte immer besser die Abschussstellen der Geschosse erkennen und so auch den vermutlichen Frontverlauf, aus dem er eben entkommen war.

Andere Schiffe waren nicht zu sehen. Vorerst, dachte Fritz. Seit der Aktion des Übersetzens vom Strandbad waren vielleicht zwei Stunden vergangen. Oder mehr? Er hatte nicht auf die Uhr geschaut, und sein Zeitgefühl war durch die Ereignisse völlig aus dem Takt.

Von den Sturmbooten, die sie transportiert hatten, war keines zu sehen. Die mussten andre Befehle haben. Fritz vermutete, dass aus Spandau Leute die Havel runterkommen würden, um sich durch diese letzte freie Lücke abzusetzen. Hier in seiner Ecke kämen die ihm sicher nicht ins Gehege.

Er schaute über die Schulter. Wer hatte eigentlich erfunden, dass man beim Rudern immer gegen die Fahrtrichtung saß? Ziemlich unpraktisch. Das hatte für Momente immer was von einer Geisterfahrt. Man musste schon darauf vertrauen, dass der Weg frei war und die Richtung stimmte.

Noch ein Blick. Über die rechte Schulter sah er die Lastkähne, die längs der Pfaueninsel lagen. Hätte es Zweck, dahin zu steuern, in der Hoffnung, noch irgendetwas Wertvolles dort von Bord zu holen?

Ziemlich beknackt wäre das, dachte Fritz. Aber trotzdem. Die Vorstellung, bis zum Schluss irgendwelchen Bonzen Köstlichkeiten überlassen zu müssen, ärgerte ihn. In der Vergangenheit hatte er viele dieser Profiteure bedienen müssen.

Besonders die Jahre seit Beginn des Krieges waren von Rücksichtslosigkeit und Härte geprägt.

Keiner überließ dem andern das Feld. Viele übten unter dem Deckmantel des Rechts rücksichtslos Gewalt aus und berauschten sich an ihr.

Und auch wer nicht zu den unmittelbar Verfolgten, die jeder kannte, gehörte, wusste, wie weit man allenfalls gehen konnte, ohne vielleicht sogar sein Leben zu riskieren.

Es gab immer wieder Situationen, die einen auf die Probe stellten.

Unweit seines Lokals, in der Friedrichstraße, hatte Fritz auf dem Weg zu seinem DKW einmal einen alten Herrn beobachtet, der in der Drehtür eines Hotels stecken geblieben war. Er war gut gekleidet, und erst auf den zweiten Blick konnte man den gelben Stern auf seinem Mantel erkennen.

Von der gegenüberliegenden Straßenseite aus sah Fritz, dass die Drehtür von einem Bediensteten blockiert worden war und dass der Mann, darin gefangen wie ein Insekt, vergeblich versuchte, sich zu befreien.

Das weckte Aufmerksamkeit und hämisches Gelächter derer, die nun nach und nach stehen blieben und sich an diesem elenden Schauspiel ergötzten.

Angestellte des Hotels innen und die Passanten draußen, die alle Scheu verloren zu haben schienen, stachelten sich gegenseitig an.

»Vorwärts, Jud! So kommst du nie nach Palästina!« – »Versperrt einfach den Eingang hier, die Sau.« – »Bleib schön da drin.« – »Nee, komm ma raus, dir hau ick uff die Fresse.«

Inzwischen hatte sich aus dem Innern des Hotels eine Dame genähert, die die Angestellten in deutlichem Tone anwies, diesem Spuk ein Ende zu bereiten. Die Tür bewegte sich wieder. Der alte Herr trat überaus verwirrt ins Freie.

Erst verstummte jetzt die Menge und schien ihm Platz machen zu wollen, als ein kräftiger, junger Mann vortrat und dem Juden umstandslos mit der Faust ins Gesicht schlug. Der alte Mann stürzte aufs Pflaster, stöhnte, zog die Beine an den Leib, ging dann auf alle Viere, schleppte sich zum Rinnstein und setzte sich schließlich an den Straßenrand.

Rasch löste die Versammlung sich jetzt auf.

»Selbst schuld«, versicherten die einen, und »Bisschen dicke«, murmelten die andern.

Fritz war wie erstarrt gewesen. Was hätte er tun können? Sich gegen die Menge stellen? Hätte er nicht helfen müssen, auch wenn er sich selbst in Gefahr gebracht hätte?

Auch die Künstler, die in seinem Lokal verkehrten, mussten sich entscheiden, wohin sie gingen: ob mit der Gewalt oder gegen sie.

Besonders mit einem Schauspieler hatte Fritz sich angefreundet. Für ihn war alles Rolle, alles Spiel. Bedenkenlos, gedankenlos und überschäumend.

Er hatte ein enormes Talent im Imitieren. Dabei war er, sich seiner herausragenden Stellung im Ensemble am Gendarmenmarkt bewusst, völlig furchtlos.

Ob er nölig den Reichsmarschall oder im Singsang des Rheinlands den Bock von Babelsberg nachmachte, niemals blieb ihm, auch von eingefleischten Parteigängern nicht, die Anerkennung versagt. Dann dröhnte ein geradezu staatsgefährdendes Gelächter durchs Lokal.

Er verstand es, durch winzige, kaum merkliche Veränderungen in Tonfall oder Haltung eine vollständige und eigentlich angstmachende Verwandlung zu erreichen. Dann wurde aus dem bürokratischen, die Hinterbacken zusammenkneifenden Herrn, der durch die Tür trat, im Bruchteil einer

Sekunde ein Faun, der bocksbeinig und geschlechtstrunken nach neuen Säften gierte.

Dabei war ihm eine bewusste politische Haltung völlig fremd. Zum Regime befand er sich keinesfalls im Widerstand, und als er von einem Gastspiel am Wiener Burgtheater zurückkehrte, waren die Zeitungen voll des Lobes über seine geradezu ekelerregende Darstellung des Juden Shylock.

Sabbernd, mit fahrig zuckenden Fingern und wirren Haaren stellte er dem Kaufmann Antonio nach, und seine Stimme hatte er so verschraubt, dass es einem in den Ohren wehtat. Aber auch in der bösartigsten Karikierung behielt seine Darstellung etwas vollkommen Glaubhaftes. Die Welt und ihre Menschen gingen durch ihn durch.

Selbst im Privaten war er niemals ganz bei sich, und wenn es in Momenten ernsthafter Gespräche auch so schien, so war's doch stets erstellt.

Er war, was die Situation erforderte.

Er spiegelte die Zeit, und sie befand sich auf seiner Höhe, ermöglichte ihn.

Fritz war fasziniert. Vor allem glaubte er in ihm die Fähigkeit zu sehen, das Leben durch unendliche Verdopplungen zu erweitern. Mehr zu sein als einer. Frei zu sein von Fesseln.

Das Lokal nach dem Tod der Mutter und nach der Auseinandersetzung mit Schwester Inge über das Erbe führen zu müssen war ihm mehr Pflicht als Lust.

Schauspieler hätte er sein wollen oder Jurist. Oder beides.

So war er auch zur Freimaurerei gekommen.

Die Strenge des Rituals, die Theatralik der Zusammenkünfte und der zugrunde liegende tiefe Humanismus hatten ihn vor der Diktatur der Nazis ebenso angezogen wie der Sport zur Luft und auf dem Wasser.

Vom Eigensinn zum Widerstand jedoch war ihm der Schritt zu groß.

So blieb er stumm, wenn neben ihm die Bramabasseure unter den Schauspielern Juden, Schwache, Fremde, im Glauben an die eigene grenzenlose Überlegenheit verhöhnten.

Dabei hatten er und Marianne bei einem Besuch des Theaters auch etwas sie völlig überraschendes anderes gesehen: Ein Mann und eine Frau in Renaissancekostümen unterhielten sich über das Wesen ihrer Liebe in einer derartigen Ernsthaftigkeit, dass den Zuschauern der Atem stockte und aus den kostümierten Figuren eines Theaterstückes ihnen die eigene, doch stets vergängliche Existenz entgegentrat.

Für die Dauer eines Abends geriet die ganze Zeit aus den Fugen und wurde betrachtbar. Man wusste nicht, wohin mit sich selbst, und glaubte sich am Anbeginn der Dinge. So konnte es also auch sein.

Schweigend verließen sie das Haus und gingen, ohne ein Wort zu sprechen, hinüber in die Krausenstraße. Das Schauspielerpaar kam später noch vorbei und setzte sich zum Wein. Da nahm Fritz Marianne an die Hand, sie gingen wie Hänsel und Gretel vor das Paar, und Fritz verbeugte sich.

Er war gut vorangekommen und befand sich jetzt etwa auf der Hälfte des Weges zur kleinen Insel Kälberwerder. Hier, gut frei von allem, hieß es nun abdrehen und Kurs nehmen einmal quer rüber. Zurück nach Berlin, sozusagen.

Der Wind blies ihm entgegen, und die leichten Wellen, die sich gebildet hatten, klatschten gegen den Bug.

Zum Glück war es stockfinster, und so musste er für eventuelle Beobachter wohl völlig unsichtbar sein. Vorsichtig richtete er sich auf. Zum einen, um sich umzusehen, zum anderen, um sich zu strecken.

Da bemerkte er es. Seine Stiefel standen bis zu den Knöcheln im Wasser. Dicht war der Kahn also keineswegs. Das Rudern war ihm eine so willkommene Abwechslung gewesen, dass er ganz vergessen hatte, an das Loch zu denken. Man konnte förmlich sehen, wie das Wasser am unteren Rand des Lecks eintrat. Was zum Schöpfen musste her, also musste der Schnaps dran glauben. Er war hier nicht auf See, aber schaden konnte es wohl nicht, also kippte Fritz erst einen ordentlichen Schluck ins Wasser.

Es gab hier weder Poseidon noch Neptun, aber einen sicher irgendwie existierenden Gott der Binnengewässer würde der Fusel wohl auch gnädig stimmen.

Den Rest genehmigte er sich selbst. Er schluckte einmal, zweimal, dreimal, dann holte er Luft und trank den Rest. Natürlich wurde ihm etwas schwindlig, aber es amüsierte ihn. Er musste sich setzen. Nun trieb das Boot mit ihm auf dem See, er kam sich vor wie der kleine Häwelmann in seiner Lieblingskindergeschichte, und es dauerte einen Moment, bis sein Kopf sich wieder klärte.

Leise begann er zu singen. Das Lied war der Schlager der letzten Saison.

»In der Nacht ist der Mensch nicht gern alleine«, sang er, »denn die Liebe beim hellen Mondenscheine ist das Schönste, Sie wissen, was ich meine, einerseits und andrerseits und außerdem«.

Nicht gerade besonders gezielt schlug er die Flasche auf die Bordkante und nahm in Kauf, dass ein Teil der Splitter ins Boot fiel. Zum Glück brach tatsächlich nur der Hals ab. Er hob das Bodenbrett hoch, und vorsichtig, um sich an den scharfen Kanten nicht zu verletzen, schöpfte Fritz Wasser nach draußen.

Das ging eigentlich ganz gut. Sollte mir doch wohl die Berechtigung geben, auch noch eine zweite Strophe zu wagen, dachte er, sprach's und wusste den Text nicht.

»In der Nacht ist der Mensch nicht gern alleine, denn so einsam wird er zum armen Schweine, Würstchen hat er deshalb noch lange keine, meinetwegn und deinetwegn und außerdem.

Wovon soll ich mich also nun ernähren, wenn im Korn nicht mal stecken mehr die Ähren, und von flüssigem Gold allein zu zehren, weiter weiß ich auch nicht, rumpeldideldudeldu.«

Natürlich war ihm der Alkohol zu Kopf gestiegen, aber dass ihm das je etwas ausgemacht hätte, konnte man nicht sagen.

Seine ganze Generation war zu Trinkfestigkeit erzogen worden. Wie viel mehr erst ein Wirtssohn. Zweitausendachthundert Liter Bier waren der Rekord für vierundzwanzig Stunden gewesen. Das war 1912. Die Kellner im Lokal rechneten auf die einfachste Weise ab, sie schauten auf die Uhr.

Wann war der Gast gekommen? Pro Gast je Stunde ein Liter. Dazu natürlich immer mal ein »Alter Gepflegter« oder sonstige sogenannte Kurze.

Kein Wunder, dass der Leibesumfang so manchen Gastes beachtlich war.

Soweit mit der Bruchflasche möglich, lenzte Fritz das Boot trocken.

Neun- oder zehnmal leerte er sie aus und versuchte mit einem Lappen, das restliche Wasser aufzusaugen.

Für den Moment hatte er Ruhe. Er legte das Bodenbrett wieder hin, und weiter ging's.

Er ruderte jetzt kräftig und gleichmäßig, wohl eine Viertelstunde lang. Wieder war das Wasser gestiegen, und wieder wurde geschöpft. Zu seiner Linken konnte er starkes Feuer ausmachen, drüben in Gatow blieb es verhältnismäßig ruhig. Das Ufer schien allerdings schon besetzt zu sein und es gab hin und wieder auch einzelne Schüsse, die er beobachten konnte. Noch mehr Scharfschützen, ging es ihm durch den Kopf. Hauptsache, sie entdeckten ihn nicht.

Ob die Kämpfe, wenn er in Schwanenwerder ankäme, schon entschieden waren? Ob er überhaupt hinkäme? Dorthin, wo die Traute lag? Es gab zwei Möglichkeiten. Entweder einmal um die ganze Insel herum, was die Fahrtzeit beinah verdoppeln würde, oder links vom Strandbad, beim Berliner Yacht-Club, unter der kleinen Brücke durch, die zu der Insel führte. Die Durchfahrt war sehr eng, und auch nach oben war wenig Platz, es passten überhaupt nur ganz kleine Boote durch, aber sein Ruderkahn gehörte sicher dazu.

Hier musste er es versuchen.

Freilich begab man sich in gefährliche Nähe zum Land und riskierte damit, gesehen zu werden.

Wie spät mochte es sein? Seine Uhr war irgendwann auf der Insel stehen geblieben oder vielleicht auch kaputt. Unwichtig, dachte Fritz. Das waren hier sowieso die letzten Stunden des Kampfes um Berlin. Ach was, um Berlin, um Wannsee.

Es ging ja nur noch um wenige Quadratkilometer.

Sein alkoholisch leichtsinniger Kopf entspann einen Vergleich zwischen den Wettfahrten, die sie hier ein ganzes Leben lang gesegelt hatten, und dem verbissenen Endkampf zweier Armeen. Er fühlte sich seiner Bewegungsfreiheit, die er über alles liebte, beraubt. Das hier war sein Revier. Seine Kinderstube. Es hätte nicht viel gefehlt und er hätte für sich »Raum« verlangt, wie es in den Regeln vorkam.

Es hätte nicht viel gefehlt, und er hätte über den ganzen See gebrüllt, wie es seine Art war, und sich mit dem Donnern der Geschütze gemessen.

Wie seltsam, dass man in der angespanntesten Situation leicht werden konnte.

Leichtsinnig.

Als Vierjähriger war er mal ins Wasser gefallen, eigentlich eine sehr ernste Sache für ein kleines Kind. Beim Versuch, das Schiff zu betreten, war er zwischen Traute und Steg gestürzt. Aber da er sich am Pfahl, auf dem der Steg lag, festhalten konnte, bestand ja erst mal keine Gefahr und Angst hatte er nicht. Nur wie wieder rauskommen? In den Tagen davor waren Berufstaucher in der Nähe gewesen, die unter Wasser Reparaturen ausführten, und da er noch nicht schwimmen konnte, malte er sich einen einfachen Weg zum Ufer aus: Man müsste sich am Pfahl abwärtsgleiten lassen und dann die kurze Strecke zurück bis zur schrägen Steinböschung auf dem Grund zu Fuß zurücklegen.

Er war gerade so weit, den Pfahl loszulassen, als Horst Wende, der Bootsmann, ihn entdeckte.

»Warum hast du denn nicht gerufen?«, wurde er später von der entgeisterten Elise gefragt.

Tatsächlich hatte er es erst einmal allein versuchen wollen. Dass er danach probeweise einmal laut um Hilfe rief, hatte denn auch nur zur Folge, dass dieser ungerechtfertigte Schrei in einer gehörigen Ohrfeige mündete.

Wenn es hart kam, blieb er lieber still. Nur ruhig war er dabei nicht.

Das konnte man auch von der Nacht, die ihn hier umgab, nicht sagen.

Er konnte jetzt den Großen Wannsee einsehen. An der Brücke, die ihn abschloss, gab es heftiges Gefechtsfeuer. Dorthin hatte sich anscheinend der Kampf verlagert. Das Donnern der Geschütze schallte über die weite Wasserfläche. Fritz war das nur recht. In seiner Ecke wäre dann wohl Ruhe.

Regen setzte ein. Er roch gut und war nicht kalt. Er roch vertraut und war ihm willkommen. Wie ein Umhang diente er weiterer Tarnung.

Fritz legte sich ins Zeug. Diese Situation musste er nutzen.

Allerdings schwappte nun noch mehr Wasser auf dem Boden des kleinen Boots, und das Rudern wurde schwerer.

Sein Haar war bald klitschnass. Es tropfte ihm vom Kopf auf die Jacke. Er schüttelte sich, warf Tropfen ab wie ein Hund und ruderte weiter. Immer öfter musste er Pausen machen, immer öfter Wasser schöpfen. Er spürte, wie die Bewegungen des Bootes von Minute zu Minute träger wurden. Nun drohte Gefahr. Zwar konnte ein Holzboot nicht sinken, wenn es aber weiter so volllief, wäre es nur noch Treibholz, und ihm bliebe nur, sich daran festzuhalten.

Er musste dringend mehr Wasser rausbekommen.

Seine Stiefel kamen ihm in den Sinn. Dass er daran nicht früher gedacht hatte!

Er zog den rechten vom Fuß und konnte damit augenblicklich mehr Wasser aus dem Schiff befördern als zuvor. Es gelang ihm sogar, in relativ kurzer Zeit, unter dem Einfluss wilder Wut, den Kahn fast leer zu schöpfen.

Er griff nach den Riemen.

Es war nur noch einer da.

Das konnte nicht sein! Es wäre ihm doch aufgefallen, wenn er den anderen aus Versehen ins Wasser befördert hätte. Ihm wurde mulmig. Das verdammte Ruder musste hier irgendwo rumtreiben. Er starrte angestrengt um sich. Nichts.

Da klopfte es.

Laut und vernehmlich schien jemand an die Bordwand zu schlagen.

Nach einem kurzen Schrecken blickte Fritz links ins Wasser. Wieder bumste es. Das verloren geglaubte Ruder hatte sich beim Überbordgehen in einer Leine verfangen, hing nun wie ein Schiffbrüchiger an der Seite des Kahns und schlug im Takt der kurzen Wellen gegen das Boot.

Erleichtert befreite Fritz den Riemen aus seiner Verstrickung, zog ihn zurück an Bord und ruderte sofort los.

Es kam der Endspurt.

Auf der Insel leuchteten vereinzelt Lichter, und im Strandbad war eine rege Tätigkeit zu beobachten, deren Sinn er aber nicht durchschaute.

Hier hinein, in diesen Trichter, zwischen die Insel und das Strandbad, musste er, um dann am innersten Punkt wie die Maus durch ein Nadelöhr unter der Brücke durchzuschlüpfen, hinter der sich die Klare Lanke öffnete, sein Ziel.

Je näher er dem Land kam, desto angestrengter versuchte Fritz, Einzelheiten zu erkennen. Menschen waren nicht zu sehen. Umso deutlicher wurde ihm aber, dass im Strandbad inzwischen der Feind eingezogen war und seine Vorbereitungen traf. Wieder war er, wie ein Schlafwandler, genau auf die Kampflinie geraten.

Ein, zwei weitere Schläge mit den Riemen und er befand sich auf russischem Gebiet.

Jetzt ganz leise sein. Sich unsichtbar machen. Luft anhalten. Stiller, vorsichtiger als jemals zuvor.

Als sich das Boot gerade noch fünf Längen vor der Durchfahrt befand, sah Fritz, und der Magen krampfte sich ihm zusammen, dass ein russischer Soldat bereits auf der Brücke auf und ab ging und also patroullierte.

Umdrehen war unmöglich. Die Riemen nur in die andere Richtung zu bewegen und so das Boot rückwärtszustoßen, wäre schon zu auffällig gewesen, zu laut.

Er musste durch. Er musste den begonnenen Schwung nutzen, vorsichtig die Richtung kontrollieren, sich ducken, unter der Brücke durchgleiten und darauf hoffen, dass der Posten nicht im falschen Moment aufs Wasser sah.

Mit äußerster Konzentration gelang es ihm, noch einen letzten leisen Ruderschlag zu tun, die Riemen aus dem Wasser zu nehmen und dahinzugleiten.

Tatsächlich hallten im Moment des Durchquerens die Stiefelschritte des Soldaten an sein Ohr.

Einen Sekundenschlag später blieben die Schritte aus.

Der Mann war stehen geblieben.

Hatte er etwas bemerkt? Beugte er sich genau in dem Augenblick über das Geländer, in dem Fritz unter der Brücke wieder auftauchte?

Warum war er stehen geblieben? Konnten noch andere in der Nähe sein? Hatte er sein Gewehr schon im Anschlag und wartete nur auf sein Auftauchen?

In Fritz Kopf raste es. Die wenigen Meter, die Sekunden der Fahrt, dehnten sich zu einer Ewigkeit.

Als die Bugspitze des kleinen Schiffes aus dem

Tunnel glitt, brach drüben im Strandbad ein ungeheures Pfeifen, Jaulen und Krachen los, als wären die Schleusen der Hölle geöffnet worden.

Stalinorgeln! Sie mussten im Strandbad aufgestellt worden sein, um das gegenüberliegende Ufer und den sich anschließenden Stadtteil Wannsee zu beschießen.

Ohne jede Unterbrechung wurde ein Geschoss nach dem anderen abgefeuert.

Es war entsetzlich, nur Fritz war es dienlich.

Er nahm seine Riemen wieder auf und ruderte im Schatten der Stalinorgeln unbemerkt an sein Ziel. Denn auch der Soldat hatte sich dem Spektakel nicht entziehen können und war an die abgewandte Brückenseite getreten, um zu beobachten, wie in einem Feuerwerk ohnegleichen der See, der Strand, die Welt aufleuchteten.

Natürlich wurde nun auch die kleine Bucht, die die Klare Lanke hier bildete, immer wieder vom Feuer erhellt, aber mit ein paar entschlossenen Zügen gelang es Fritz, aus dem Blickfeld des Rotarmisten zu entkommen.

Da lag die Traute.

Sie bewegte sich sanft im stillen Wasser, sie schwebte wie eine Wiege über dem Grund.

Es schien ihm wie ein Wunder, dass er es bis hierher geschafft hatte, und unwillkürlich liefen ihm die Tränen über das nasse Gesicht. Die tiefe Beziehung, die er durch sein ganzes Leben zu diesem bauchförmig zum Schwimmen gebrachten Stück Stahl namens Segelschiff entwickelt hatte, und die Anspannung, die anfing von ihm abzufallen, brachten ihn zum Heulen. Er zweifelte keinen Augenblick daran, dass er nun gerettet war.

Er schüttelte sich. Mit der Linken wischte er sich das Gesicht trocken, fing den Schwung des Fischerkahns, in dem er saß, am Rumpf der Traute ab und flüsterte: »Da bist du ja, du süße fette Biene.«

Er richtete sich auf und blickte um sich. Das Dauerheulen der Granatwerfer drüben schien alles menschliche Leben im Umkreis ausgelöscht zu haben.

Es war niemand zu sehen.

Er schwang sich an Bord der Traute, legte sich flach aufs Deck, um über die Bordkante hinunterreichen zu können, und gab dem Boot, das ihn so sicher hergetragen hatte, einen Schubs. Fritz war jetzt vollständig durchnässt, und als ihm das bewusst wurde, fing er augenblicklich an zu zittern und furchtbar zu frieren.

Den Schlüssel fürs Deckshaus hatte er unter der Holzkiste versteckt, in der die beiden Gasflaschen standen.

Er fand ihn sofort.

Er schloss das Türchen auf, schloss es gleich wieder hinter sich ab und ging den Niedergang hinunter, der am Kopfende der beiden Sofabänke links und rechts, in den Schiffsbauch führte.

Er zog sich aus und holte aus dem Schrank in der Eignerkammer einen wunderbar weichen Bademantel, in den er sich einhüllte. Er trocknete sich mit einem Handtuch die Haare, legte sich obendrein ein Plumeau um die Schultern, setzte sich an den Salontisch und spähte aus dem Fenster. Das Bullauge auf der rechten Seite zeigte direkt auf die Brücke.

Er versuchte, genau hinzusehen. Gab es etwas Verdächtiges? Hatte irgendjemand seine Ankunft auf der Traute bemerkt? Der Posten war nicht mehr zu sehen. Waren sonst noch Menschen auf der Welt?

Nach einer Weile des Starrens überlegte er, ob er den Gasherd wohl würde anmachen können. Ein Beobachter würde durchs Fenster allenfalls den bläulichen Schimmer der Gasflamme sehen. Aber wer sollte sich, bei dem Inferno da draußen, für so etwas interessieren?

Er würde sich eine Bouillon warm machen. Jetzt sofort.

Hier fiel nun also alles in eins. Privatvergnügen, Nacht und Tod.

Fritz fröstelte noch immer. Den Ofen freilich konnte er nicht anzünden, der Rauch aus dem Schornstein würde ihn sofort verraten.

Er zog noch ein paar dicke Socken über, legte den Bademantel zur Seite, nahm aus seinem Schrank Hemd, Hose und einen dicken Pullover und ging zum Herd.

Nachdem er genüsslich seine Suppe geschlürft hatte, überfiel ihn eine unbezwingbare Müdigkeit, er kippte auf dem Sofa um und schlief ein.

Er träumte.

Schlingpflanzen waren das Erste. Sie krochen vom Grund des Sees hoch und tanzten im Rhythmus des Wellengangs.

Kleine Blitze kamen hinzu und irrlichterten wie Glühwürmchen durchs Gestrüpp. Der See lebte und war sein Zuhause. Ein Pfahl stand mittendrin. Er hielt sich an ihm fest. Drei Seejungfrauen umschwammen ihn und hielten kräftige Bürsten, bereit, ihn damit durchzuwalken. Sprechen konnte er nicht, wehren konnte er sich nicht. Ein kleiner Mann marschierte auf. Die Szenerie war jetzt ein Zirkus. Ringsum saßen Leute an Tischen und tranken Bier aus großen Gläsern. Der Kleine hielt einen Löffel hoch und eine Pralinenschachtel, versehen mit einem großen roten Einmachgummi. Er rief: »Schlamassel! Omatako! Grand kack de malheur! Schlamassel! Omatako! Grand kack de malheur! «, lief dabei im Kreis und lachte.

Fritz ging nun durch die Zuschauertische, verbeugte sich nach allen Seiten, und die Gesellschaft jubelte und applaudierte.

Dann erschienen die Clowns. Sie hatten Ketten und Schilder umhängen, und sie verfolgten ihn.

Noch immer konnte er nicht reden. Sein Mund klappte auf und zu, seltsamerweise schluckte er dabei Wasser, während die Clowns zu großen Doggen wurden, die nach ihm schnappten.

Dann blickte er nach oben. Das Innere der Traute erschien ihm wie ein herrlicher Palast, mehrere prachtvoll gestaltete Zimmer kamen ihm vor Augen, deren eines von einer majestätischen Glasdecke gekrönt war. Darüber lag ein Wald, und in ihm schwebten jetzt zwei Frauen. Sie saßen auf Schaukeln. Die eine schwarz, die andre alt. Eine unausgesprochene Einladung ging von ihnen aus, und es erregte ihn sehr. Er versuchte, näher zu kommen, aber die Schaukeln schlugen nach ihm aus.

Und er fiel. Tiefer und schneller, als er ertragen konnte.

So wachte er auf.

Seine Stirn stand ihm voll Schweiß, er hatte die Augen geöffnet und lag wie gelähmt. Wo war er? Fritz verstand nichts. In welcher Zeit war er? Wo denn, und wer? Er sah geradeaus und starrte auf die gegenüberliegende Wand.

Behutsam kehrte das Leben in seinen Kopf zurück. Seine Augen begannen, sich zu bewegen. Er setzte sich langsam auf.

Der große Raum, in dem er saß, genannt Salon, war lichtdurchflutet. Die Sonne bildete einen großen runden Fleck auf dem Boden, der flirrte und sich langsam zu den Bewegungen des Schiffes drehte. Ein beinahe sommerlicher Frühlingstag war angebrochen.

Fritz begriff, warum er nichts begriff.

Es war vollkommen still.

Kein Donnern mehr, kein Krachen.

Kein Brüllen, Schreien, kein Gebell. Kein Flugzeugbrummen oder Kreischen, ja nicht einmal ein Zwitschern war zu hören. Alles tot.

»Alles tot?«, dachte Fritz. »Oder alles still?«

Da! Da war ein Geräusch!

Eine Fliege summte, leise, aber deutlich.

»Na, bin ick nich so alleene, komm ruhig her.« Die Fliege verstand. Aber nicht richtig. Sie setzte sich auf seine Stirn, und er vertrieb sie wedelnd mit den Händen.

Fritz stand auf. Etwas lag in der Luft. Etwas war da oben.

Er ging langsam den Niedergang hoch und steckte vorsichtig seine Nasenspitze in die Luft.

Es roch nach Rauch. Nach verbranntem Holz. Ein Geruch, den er liebte.

Und der ganz natürlich war nach all den Feuern ringsumher.

Das aber war es nicht, was ihn so anzog. Er blickte aus einem der großen Fenster des Deckshauses rüber zum Land. Das Bootshaus an der Brücke, das schöne Vereinshaus, war wohl noch in letzter

Minute abgebrannt. Und dann erstarrte kurz sein Blick.

Am Ufer stand doch jemand!

Der winkte ihm verstohlen.

Fritz nahm das Fernglas vom Kartentisch, der quer über dem Niedergang lag, und blickte durch.

Er erkannte ihn sofort.

Es war Schultz.

Es war Günther Schultz, mit dem er gestern, oder war es schon vor Tagen, morgens von Johannisthal nach Mitte gefahren war und der ihn dann einfach so hatte sitzen lassen.

Vorsichtig öffnete Fritz die Tür nach draußen. Es herrschte eine geradezu gespenstische Stille, die alles Mögliche bedeuten konnte. Zu sehen war außer Schultz niemand. Auch auf der Brücke war kein Mensch.

Totenstille, ging es Fritz durch den Kopf.

Nicht weit entfernt lag wie ermattet das Boot, mit dem er hergefunden hatte.

Es schwamm, das Wasser bis zum Hals.

Nun ging Fritz an die Arbeit. Er kannte die Handgriffe und im Nu war sein eigenes Beiboot im Wasser. Er setzte sich hinein und ruderte zum

Ufer. Die Luft war warm. Erstaunlich warm. Eine Art Sommer.

Am Ufer befestigte er das Boot, ging die wenigen Schritte hoch und stand vor Schultz, seinem fahnenflüchtigen Kumpan.

Sie schwiegen, sie sahen sich an. Sie gaben sich nicht die Hand.

Schultz sprach, und vom langen Schweigen klang seine Stimme ganz rau. »Es ist aus. Der Krieg ist aus.« Fritz nickte. Schwieg.

»Als du im RLM abgehauen bist«, fuhr Schultz fort – und Fritz hatte keine Lust, ihm zu widersprechen –, »kam ich keine zweihundert Meter weiter dem Iwan in die Fänge. Gott sei Dank hatten die nicht die Zeit, sich um mich zu kümmern, sodass ich kurz darauf entwischt und durch den S-Bahn-Tunnel am Potsdamer Platz aus der Kampfzone entkommen bin.«

»Ich wusste ja, wo ich dich finde. Hier«, Schultz grinste und streckte Fritz seine Hand entgegen, in der ein Bündel Geldscheine steckte.

»Die Hälfte gehört ja wohl dir. Is doch 'n Anfang, oder?«

Er zog ein Päckchen aus der Tasche und bot Fritz eine Zigarette an.

Sie setzten sich auf den Boden, rauchten stumm ein paar Züge und sahen zu, wie in der warmen Luft der feine Qualm in immer noch feineren Girlanden in die Höhe stieg.

Mein Dank gilt Karin Graf,
Andrea Kügel, Katja Krause
und Jan Valk.

MIX
Papier aus verantwortungsvollen Quellen
FSC® C083411
Verlag Kiepenheuer & Witsch, FSC®-N001512

1. Auflage 2020

Gesetzt aus der Dante MT
Satz Dörlemann Satz, Lemförde
Druck & Bindung CPI books GmbH, Leck
ISBN 978-3-462-05416-3